L I A N H E A R N

NA
POSŁANIU
Z TRAWY

w przygotowaniu
ostatnia część *Opowieści rodu Otori:*
Księga III *W blasku księżyca*

LIAN HEARN
NA POSŁANIU Z TRAWY

przełożyła
BARBARA
KOPEĆ-UMIASTOWSKA

OPOWIEŚCI RODU OTORI: Księga II

Tytuł oryginału: *Grass for his Pillow*

Wydanie I
Warszawa 2004

Dla D.

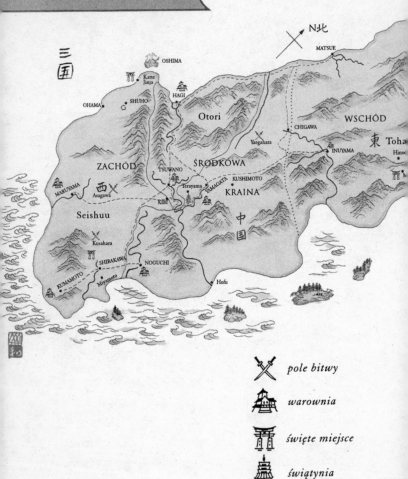

TRZY KRAINY

N北

MATSUE

三国

OSHIMA

Katte
Jinja

HAGI

SHUHO

OHAMA

Otori

Yaegahara

CHIGAWA

WSCHÓD

東 Toha

ZACHÓD

TSUWANO

ŚRODKOWA

INUYAMA

Hinoc

Terayama

YAMAGATA KUSHIMOTO

MARUYAMA

KIBI

KRAINA

中国

Asagawa

Seishuu

Kusahara

SHIRAKAWA

NOGUCHI

KUMAMOTO

Miyamoto

Hofu

⚔ pole bitwy

🏯 warownia

⛩ święte miejsce

🏛 świątynia

―― granica lenna

········ granica lenna
przed Yaegaharą

――― gościniec

Wstęp

Wydarzenia opisane w tej książce rozegrały się w ciągu roku od śmierci Otori Shigeru w tohańskiej warowni Inuyama. Wtedy to, jak powszechnie sądzono, Otori Takeo, adoptowany syn Shigeru, zabił z zemsty Iidę Sadamu, przywódcę klanu Tohan; wtedy to również Arai Daiichi z klanu Seishuu z Kimamoto wykorzystał zamęt po upadku Inuyamy, aby przejąć władzę w Trzech Krainach.

Arai bardzo liczył na sojusz z Takeo i jego szybkie zaślubiny z Shirakawa Kaede, dziedziczką dóbr Maruyama i Shirakawa. Jednakże Takeo, rozdarty między chęcią spełnienia przedśmiertnych życzeń Shigeru a żądaniami krewnych swego prawdziwego ojca, rodziny Kikuta z Plemienia, zrzekł się dziedzictwa i odstąpił od małżeństwa z ukochaną Kaede, po czym przystał do Plemienia, posłuszny więzom krwi oraz złożonej wcześniej przysiędze.

Otori Shigeru został pochowany nieopodal samotnej świątyni w Terayamie, w samym sercu gór Środkowej Krainy. Arai, odniósłszy zwycięstwa pod Inuyamą i Kushimoto, przybył tam, aby złożyć ostatni hołd zmarłemu sojusznikowi oraz przypieczętować nowy alians; również Takeo i Kaede spotkali się tam po raz ostatni.

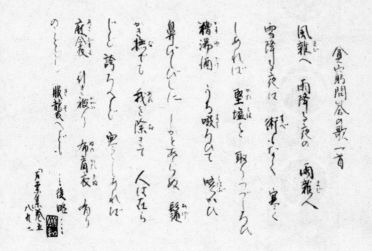

W noce, gdy wicher
w zawody z deszczem hula,
w noce, gdy z deszczem
na przemian śniegiem miecie
…

Ze Zbioru
Dziesięciu Tysięcy Liści (Man'yōshū)
księga V, pieśń 892
fragment *Dialogu o nędzy*
Yamanoue-no Okura
przełożył Wiesław Kotański

**RÓD
OTORI**

**RÓD
MARUYAMA**

**RÓD
SEISHUU**

**RÓD
SHIRAKAWA**

**RÓD
TOHAN**

Rozdział pierwszy

Shirakawa Kaede leżała bez czucia, pogrążona w głębokim śnie, który Kikuta umieją wywoływać spojrzeniem. Noc powoli mijała; o świcie gwiazdy zbladły, świątynne dzwony odezwały się i ucichły, ona jednak spała nieporuszona. Nie słyszała zatroskanych okrzyków swej towarzyszki Shizuki, nie czuła dotyku jej dłoni na czole, nie obudzili jej zniecierpliwieni ludzie pana Araiego, którzy przybyli na werandę oznajmić Shizuce, że ich dowódca pragnie mówić z panią Shirakawa. Oddech Kaede był spokojny i cichy, a twarz nieruchoma niczym maska.

Pod wieczór w jej wyglądzie zaszła zmiana – powieki zadrżały, usta wygięły się w lekkim uśmiechu. Palce, dotąd zgięte, wyprostowały się i naprężyły.

Bądź cierpliwa. On przyjdzie po ciebie.

Kaede śniła, że została zamieniona w lód, a słowa odbijają się dźwięcznym echem w jej głowie. Nie odczuwała lęku – miała jedynie wrażenie, że w milczącym, lodowatym, zaczarowanym świecie pochwyciło ją coś chłodnego i białego.

Otworzyła oczy.

Było jeszcze jasno, lecz długie cienie powiedziały jej, że zbliża się wieczór. Raz, delikatnie, zadzwonił wiatrowy gong, po czym zapanowała cisza. Dzień, którego nie pamiętała, musiał być gorący: skórę pod włosami na karku wciąż miała lekko wilgotną. Pod okapem ćwierkały ptaki i rozlegał się lekki trzask dziobów jaskółek, łowiących ostatnie dzienne owady. Wkrótce odlecą na południe, pomyślała Kaede. Już jesień.

Ptasie odgłosy przypomniały jej podarunek Takeo, otrzymany wiele tygodni wcześniej, właśnie tutaj, w Terayamie – szkic dzikiego leśnego ptaszka, który rozbudził w niej pragnienie wolności. Obrazek ten, jak wszystkie jej rzeczy, ślubne szaty i stroje, zginął podczas pożaru zamku w Inuyamie. Nie miała już nic. Shizuka wyszukała dla niej stare ubrania w domu gościnnym, gdzie się zatrzymały, pożyczyła też grzebienie i inne drobiazgi. Kaede nigdy przedtem nie mieszkała w takim miejscu; owa kupiecka siedziba, przesiąknięta odorem sfermentowanej soi, była pełna ludzi, których dziewczyna próbowała unikać, choć od czasu do czasu pokojówki przychodziły zerknąć na nią przez szparę w parawanie.

Obawiała się, że wszyscy widzą jak na dłoni, co się zdarzyło w noc zdobycia zamku. Zabiła mężczyznę, po czym spała z innym i walczyła u jego boku, z mieczem zmarłego w dłoni. Nie mogła uwierzyć, że tak postąpiła; czasem sądziła wręcz, że istotnie opętał ją zły duch, tak jak powiadano. Ludzie mówili, że ten, kto jej pożąda, umrze – i rzeczywiście, mężczyźni przez nią umierali. Wszyscy, ale nie Takeo.

Nienawidziła mężczyzn od chwili, gdy jako zakładniczka w zamku Noguchi została napadnięta przez strażnika. Również Iida wzbudził w niej taką odrazę, że musiała się bronić – lecz przed Takeo nie czuła lęku. Chciała jedynie tulić go mocno; od pierwszego spotkania w Tsuwano jej ciało pragnęło jego bliskości, tęskniło za dotykiem jego skóry. Wspominając po raz kolejny tamtą straszliwą noc, pojęła, że nie może poślubić nikogo innego, nikogo innego nie pokocha. Będę cierpliwa, obiecała sobie. Ale skąd wzięły się te słowa?

Odwróciła lekko głowę i na brzegu werandy dostrzegła sylwetkę siedzącej Shizuki. Dalej ciemniały wysokie, odwieczne drzewa świątyni. W powietrzu unosiła się woń cedru i kurzu. Świątynny dzwon wybił godzinę. Kaede milczała – nie chciała z nikim rozmawiać, słuchać obcego głosu, chciała jedynie powrócić do owego świata z lodu, w którym spała tak długo.

Wtem coś zamajaczyło wśród drobin kurzu, wyzłoconych ostatnimi promieniami słońca – duch, a przecież więcej niż duch, istota konkretna, niezaprzeczalnie realna, migotliwa niczym świeży śnieg. Oszołomiona Kaede uniosła się na posłaniu: stała przed nią Biała Bogini, wszechwspółczująca, wszechmiłosierna, która jednak znikła w chwili, gdy została rozpoznana.

– Co się dzieje? – podbiegła zaniepokojona Shizuka.

Jej zatroskany wzrok uświadomił Kaede, jak wiele zawdzięcza tej kobiecie, która stała się jej najbliższą, jedyną przyjaciółką.

– Nic. Majaki.

– Jak się czujesz?

– Nie wiem. Czuję… – głos Kaede zamarł. Przez kilka chwil wpatrywała się w Shizukę. – Spałam cały dzień? Co się stało?

– Nie powinien był tego robić! – warknęła Shizuka, a w jej głosie zabrzmiał niepokój i gniew.

– Takeo?

Shizuka skinęła głową.

– Nie miałam pojęcia, że potrafi. To cecha rodziny Kikuta.

– Pamiętam tylko jego oczy. Patrzyliśmy na siebie, a potem zasnęłam... – Kaede urwała. – Odszedł, prawda? – zapytała wreszcie.

– Wczoraj wieczorem przyszedł po niego mój wuj, Muto Kenji, oraz mistrz Kikuta.

– I nigdy go już nie zobaczę? – zapytała Kaede, wspominając rozpacz, jaka ogarnęła ją wczoraj, zanim zapadła w długi, mocny sen. Błagała Takeo, aby jej nie zostawiał, przerażała ją samotna przyszłość, jego odmowa zraniła ją i rozgniewała. Ale ta burza uczuć już ucichła.

– Powinnaś o nim zapomnieć – szepnęła Shizuka, ujmując i gładząc jej dłoń. – Jego życie i twoje nie mogą się już zetknąć.

Kaede uśmiechnęła się lekko. Nie zapomnę o nim, pomyślała, i nikt mi go nie odbierze. Spałam wśród lodów i widziałam Białą Boginię.

– Na pewno dobrze się czujesz? – dopytywała się Shizuka z niepokojem. – Niewielu ludziom udało się przeżyć sen Kikuta. Na ogół budzą się już na tamtym świecie. Nie mam pojęcia, co on ci zrobił.

– Nic złego się nie stało. Ale coś się we mnie zmieniło, wydaje mi się, że nic nie wiem. Jakbym musiała uczyć się wszystkiego od nowa.

Towarzyszka uklękła przed nią i badawczo wpatrzyła się w jej twarz.

– Co teraz zrobisz? Dokąd pójdziesz? Wrócisz z Araim do Inuyamy?

– Chyba powinnam pojechać do domu, do rodziców. Muszę zobaczyć się z matką. Tak się boję, że umarła; bardzo długo zatrzymywano nas w Inuyamie. Rano wyjeżdżam. Pewnie trzeba powiadomić pana Araiego?

– Rozumiem twoje obawy, ale być może Arai nie zechce cię puścić.

– Więc będę musiała go przekonać – rzekła spokojnie Kaede. – Najpierw jednak chciałabym coś zjeść. Poproś, żeby przygotowano posiłek, dobrze? I przynieś herbatę.

– Pani – skłoniła się Shizuka i opuściła werandę.

Kaede patrzyła w ślad za nią, kiedy z ogrodu na tyłach świątyni dobiegły ją łkające tony fletu. Domyśliła się, że to gra młody mnich, którego poznała, gdy pierwszy raz odwiedziła klasztor, żeby obejrzeć słynne obrazy Sesshu, lecz nie mogła sobie przypomnieć jego imienia. Muzyka mówiła o nieuchronności cierpienia i utraty; drzewa zaszumiały na wietrze, w górach rozległo się pohukiwanie sów.

Wróciła Shizuka z herbatą. Kaede miała wrażenie, że pierwszy raz ma ten napój w ustach, czuła na języku wyraźny, dymny aromat każdej kropli. A gdy stara kobieta, która obsługiwała gości, podała jej ryż z warzywami w sosie z fasoli, Kaede wydało się, że nigdy nic podobnego nie jadła. Owe nowo odkryte zdolności napełniły ją zdumieniem i cichym zachwytem.

– Pan Arai życzy sobie mówić z tobą jeszcze dziś – oznajmiła Shizuka. – Jest urażony i oburzony zniknięciem Takeo. Pod jego nieobecność prawie na pewno będzie musiał walczyć z Otori. A tak liczył, że szybko się pobierzecie i…

– Nie mówmy o tym – przerwała Kaede.

Dokończyła ryż, ułożyła pałeczki na tacy i skłoniła się w podzięce za posiłek.

Shizuka westchnęła.

– W gruncie rzeczy Arai w ogóle nie rozumie Plemienia ani jego poczynań. Nie wyobraża sobie, czego Plemię wymaga od tych, którzy do niego należą.

– Nie wiedział, że jesteś jedną z nich?

– Wiedział, że mam swoje sposoby, aby dowiadywać się różnych rzeczy i przekazywać dalej wiadomości; skwapliwie to wykorzystywał, kiedy

17

chciał zawrzeć sojusz z panem Shigeru i panią Maruyama. Słyszał o Plemieniu, ale jak większość ludzi sądził, że to coś w rodzaju cechu. Świadomość, że ludzie Plemienia mogli przyczynić się do zabójstwa Iidy, głęboko nim wstrząsnęła, chociaż sam bardzo na tym skorzystał. – Urwała, po czym dodała cicho: – Stracił do mnie całe zaufanie... chyba dziwi się, jak to możliwe, że tyle razy spał ze mną i nie został zabity. Cóż, nie będziemy już razem sypiać. To się skończyło.

– Boisz się go? Groził ci?

– Jest na mnie wściekły – odparła Shizuka. – Uważa, że go zdradziłam, gorzej, że wystrychnęłam go na dudka. Nie sądzę, by mi kiedykolwiek wybaczył. – Do jej głosu zakradła się nuta goryczy. – Byłam jeszcze dzieckiem, gdy zostałam jego najbliższą powiernicą, kochanką i przyjaciółką. Urodziłam mu dwóch synów. A jednak gdyby nie twoja obecność, bez wahania kazałby mnie uśmiercić.

– Zabiję każdego, kto zechce cię skrzywdzić – oświadczyła Kaede.

– Jakże krwiożerczo wyglądasz, mówiąc te słowa! – uśmiechnęła się Shizuka.

– Ludzie umierają od byle czego – głos Kaede zabrzmiał głucho. – Od ukłucia igłą, dźgnięcia nożem. Sama mnie tego nauczyłaś.

18

– Mam nadzieję, że nie zdążyłaś jeszcze wykorzystać tych umiejętności. Chociaż w Inuyamie walczyłaś dzielnie. Takeo zawdzięcza ci życie.

Kaede milczała przez chwilę, po czym powiedziała cicho:

– Nie chodziło wyłącznie o walkę na miecze. Zrobiłam coś więcej. Nie wiesz wszystkiego.

– Co ty mówisz?! – źrenice Shizuki rozszerzyły się. – Zabiłaś pana Iidę?!

– Takeo odciął mu głowę, kiedy był już martwy. Postąpiłam zgodnie z twoją radą. Zamierzał mnie zgwałcić.

Shizuka chwyciła ją za ręce.

– Nikt nie może się o tym dowiedzieć! Tego nie daruje żaden wojownik, nawet Arai!

– Nie czuję się winna i niczego nie żałuję – powiedziała Kaede. – Nigdy nie uczyniłam nic mniej godnego potępienia. Nie tylko zdołałam się obronić, lecz pomściłam także śmierć wielu osób: pana Shigeru, mojej krewniaczki pani Maruyama i jej córki oraz wszystkich niewinnych ludzi, których Iida zadręczył i zamordował.

– Ale jeśli to się rozejdzie, zostaniesz okrutnie ukarana. Żeby kobieta chwytała za broń i szukała zemsty! Mężczyźni uznaliby, że świat się do góry nogami przewraca!

– Mój świat już jest przewrócony do góry nogami – odparła Kaede. – Cóż, muszę iść porozmawiać z panem Araim. Przynieś mi... – urwała ze śmiechem. – Zamierzałam powiedzieć: „Przynieś mi ubranie", ale nie mam ubrań. Nie mam nic!

– Masz konia – oznajmiła Shizuka. – Takeo zostawił ci swojego siwka.

– Zostawił mi Raku?

Kaede rozpromieniła się w uśmiechu, po czym utkwiła zamyślone oczy w ciemniejącym niebie.

– Pani? – Shizuka dotknęła jej ramienia.

– Rozczesz mi włosy i poślij do pana Araiego z wiadomością, że zaraz do niego przyjdę.

Gdy opuszczały pomieszczenia dla kobiet, aby udać się do głównych pokojów gościnnych, zapadł już zmrok. W świątyni jarzyły się światełka, wśród drzew na zboczu powyżej, przy grobie pana Shigeru, stali mężczyźni z zapalonymi pochodniami. Nawet o tej porze było tu pełno odwiedzających; ludzie przynosili kadzidła i dary, stawiali na płycie świeczki i lampki, prosząc o pomoc zmarłego, który z dnia na dzień stał się dla nich bogiem.

Śpi pod okryciem płomieni, pomyślała Kaede, modląc się cicho, aby duch Shigeru pokierował nią podczas trudnej rozmowy z Araim. Zastanawiała się, co powiedzieć – jako spadkobierczyni dóbr Shirakawa i Maruyama wiedziała, że Arai będzie dążył do zawarcia z nią trwałego sojuszu, pewnie zechce nawet wydać ją za mąż za kogoś, kto pomoże mu umocnić władzę. Rozmawiała z nim kilkakrotnie podczas pobytu w Inuyamie oraz w podróży, lecz wówczas jego uwagę pochłaniało zdobywanie terenu i układanie planów na przyszłość. Nie uznał za stosowne się nimi podzielić, wyraził jedynie życzenie, by jak najszybciej poślubiła Otori Takeo. Kiedyś – zda się, w innym życiu – chciała być czymś więcej niż tylko pionkiem w rękach wojowników, którzy decydowali o jej losie. Teraz, gdy lodowaty sen dodał jej sił, zapragnęła znowu sama rządzić swoim życiem. Potrzebuję czasu, myślała. Nie mogę postępować pochopnie. Muszę pojechać do domu, zanim cokolwiek postanowię.

Na skraju werandy powitał ją przyboczny Araiego – przypomniała sobie, że nazywa się Niwa – i poprowadził ku wejściu. Wszystkie okiennice stały otworem. Arai siedział w końcu sali, rozmawiając z trzema swoimi ludźmi, lecz kiedy Niwa zapowiedział Kaede, podniósł wzrok. Przez chwilę patrzyli na siebie nieruchomo. Kaede, pewna mocy pulsującej w żyłach, wytrzymała jego spoj-

21

rzenie, po czym opadła na kolana, niechętnie kłoniąc głowę, świadoma, że musi się podporządkować choćby pozornie.

Arai oddał ukłon, oboje wyprostowali się równocześnie. Kaede poczuła, że mierzy ją wzrokiem, i spokojnie odwzajemniła się tym samym, choć własna śmiałość przyprawiła ją o silne bicie serca. W przeszłości lubiła tego człowieka i ufała mu. Teraz ujrzała, jak zmieniła się jego twarz, jak pogłębiły się bruzdy wokół ust i oczu. Kiedyś był giętkim pragmatykiem – teraz opanowała go przemożna żądza władzy.

W pobliżu domu jej rodziców rzeka Shirakawa płynęła przez ciąg ogromnych wapiennych jaskiń, rzeźbiąc w miękkim kamieniu posągi i kolumny. Kiedy Kaede była mała, zabierano ją tam co roku, aby oddała cześć bogini zamieszkującej jedną z takich kolumn u stóp góry – posąg, który pod wpływem wody zmieniał kształt, niemal ożywał, jakby zaklęty w nim duch nieustannie próbował wyrwać się spod warstwy wapienia. Teraz wspomnienie kamiennej powłoki powróciło: czyżby władza była jak rzeka pełna wapna, zmieniająca w kamień każdego, kto ośmielił się w niej zanurzyć?

Wzrost i siła fizyczna Araiego wzbudziły w niej wewnętrzny dygot, uzmysławiając jej siłę mężczyzn, którzy mogli wymusić na kobietach wszystko, co chcieli – wciąż pamiętała, jaka bezradna była w ramionach Iidy. Nie pozwól im wykorzystać tej siły, przemknęło jej przez głowę, a zaraz potem: Zawsze bądź uzbrojona. Do jej ust napłynął smak słodki jak owoc persymony, mocny niczym krew – smak i świadomość władzy. Czy to dla niego mężczyźni wciąż dążyli do zwarcia, do pokonania i zniszczenia przeciwnika? I czy tego smaku nie mogła poczuć kobieta?

Przyjrzała się Araiemu, szukając na jego ciele tych miejsc, gdzie w Iidę wbiły się igła i nóż, otworzyły na świat, którym usiłował zawładnąć, upuściły z niego krew, pozbawiły go życia. Nie wolno mi nigdy o tym zapomnieć, powtarzała sobie. Mężczyzna może zginąć również z ręki kobiety. Uśmierciłam najpotężniejszego władcę Trzech Krain.

Wychowano ją tak, by ustępowała mężczyznom, poddawała się ich woli i większej inteligencji. Serce jej waliło, bała się, że zemdleje. Odetchnęła głęboko, tak jak nauczyła ją Shizuka, i poczuła, że jej tętno zwalnia.

– Panie Arai, jutro wyjeżdżam do Shirakawy. Będę wdzięczna, jeżeli dasz mi eskortę, która odprowadzi mnie do domu.

– Wolałbym, żebyś została na Wschodzie – odrzekł powoli wojownik. – Ale nie o tym chciałem z tobą mówić. – Jego oczy zwęziły się. – Otori zniknął. Możesz wyjaśnić ten niesłychany postępek? Udowodniłem, jak mniemam, że mam prawo rządzić tym krajem. Już wcześniej zawarłem sojusz z Shigeru. Jak ten młodzieniaszek śmiał zlekceważyć zobowiązania wobec mnie i swego zmarłego ojca? Jak śmiał okazać mi nieposłuszeństwo i tak po prostu odejść? I dokąd? Moi ludzie cały dzień przeszukiwali okolicę aż po Yamagatę. Przepadł bez śladu.

– Nie wiem, gdzie przebywa.

– Doniesiono mi, że rozmawiał z tobą wczoraj wieczorem.

– Tak – odparła krótko.

– Może przynajmniej ci powiedział…

– Wzywały go inne powinności – wymawiając te słowa, Kaede poczuła przypływ smutku. – Nie zamierzał cię obrazić.

W gruncie rzeczy nie przypominała sobie, by Takeo wspominał o Araim, ale zachowała to dla siebie.

– Powinności wobec kogo? Wobec Plemienia? – Do tej pory Arai panował nad sobą, teraz jednak w jego głosie zabrzmiał gniew, a wściekły wzrok powędrował ponad ramieniem Kaede ku werandzie, gdzie w mroku klęczała Shizuka. – Co ci wiadomo o tych ludziach?

– Bardzo niewiele – odpowiedziała. – Pomogli panu Takeo wejść na zamek w Inuyamie. Sądzę, że choćby z tego powodu wszyscy jesteśmy ich dłużnikami.

Wymawiając imię Takeo, zadrżała. Znów przypomniała sobie dotyk jego ciała w owej chwili, kiedy oboje spodziewali się śmierci. Jej oczy pociemniały, twarz złagodniała. Arai spostrzegł przemianę, choć nie znał jej przyczyny, i gdy znowu przemówił, w jego głosie oprócz gniewu dało się słyszeć coś jeszcze.

– Mógłbym zaaranżować dla ciebie inne małżeństwo. W rodzinie Otori jest wielu młodych mężczyzn, krewnych Shigeru. Wyślę do Hagi posłańca.

– Opłakuję pana Shigeru – odparła. – Na razie nie zamierzam wychodzić za mąż. Chcę wrócić do domu i dopełnić żałoby.

Zadała sobie pytanie, czy ktokolwiek zechce się z nią ożenić, znając jej reputację, lecz zaraz potem nawiedziła ją nieproszona myśl: Takeo nie umarł.

Obawiała się, że Arai będzie dalej nalegał, jednak po namyśle ustąpił:

– Może istotnie będzie najlepiej, jeżeli pojedziesz do rodziców. Poślę po ciebie, gdy wrócę do Inuyamy. Wtedy porozmawiamy o twoim ślubie.

– Czy ogłosisz Inuyamę swoją stolicą?

– Tak, zamierzam odbudować zamek. – W migotliwym świetle jego twarz była mroczna i zacięta. Kaede milczała. Wreszcie warknął: – Wracając do Plemienia, nie zdawałem sobie sprawy, że jego wpływy są aż tak wielkie. Zmusić Takeo, żeby odstąpił od takiego małżeństwa, odrzucił taki spadek! Tak dobrze go ukryć! Prawdę mówiąc, nie miałem pojęcia, z czym mam do czynienia! – Znów zerknął na Shizukę.

Zabije ją, pomyślała Kaede. To coś więcej niż złość na krnąbrny postępek Takeo. Ucierpiała jego miłość własna. Pewnie podejrzewa, że Shizuka szpiegowała go od lat.

Zastanowiła się, gdzie podziały się miłość i pożądanie łączące tych dwoje. Czyżby wyparowały z dnia na dzień? Czyżby lata służby, zaufanie, lojalność już się nie liczyły?

– Postaram się więcej o nich dowiedzieć – ciągnął Arai, jakby do siebie. – Gdzieś muszą być ludzie, którzy coś wiedzą, którzy będą mówić. Nie mogę pozwolić na istnienie takiej organizacji.

Podważą moją władzę tak, jak białe mrówki drążą drewno.

– Panie, odniosłam wrażenie, że przysłałeś mi Muto Shizukę, aby mnie chroniła. Tej ochronie zawdzięczam życie. Wydaje mi się również, że w zamku Noguchi byłam wobec ciebie lojalna. Łączą nas silne więzy, nic tego nie zmieni. Człowiek, którego poślubię, kimkolwiek będzie, złoży ci przysięgę na wierność. Shizuka pozostanie u mnie na służbie i pojedzie ze mną do domu moich rodziców.

Popatrzył na nią uważnie, ona zaś odpowiedziała mu lodowatym spojrzeniem.

– Minęło zaledwie trzynaście miesięcy, odkąd zabiłem człowieka w twojej obronie – mruknął. – Byłaś prawie dzieckiem. Zmieniłaś się…

– Musiałam szybko dorosnąć – odrzekła.

Starała się nie myśleć o pożyczonych szatach, o tym, że nie posiada nic osobistego. Jestem dziedziczką wielkich dóbr, powtarzała sobie. Patrzyła mu w oczy, aż niechętnie skinął głową.

– Niech będzie. Dam ci eskortę do Shirakawy, możesz również zabrać tę Muto.

– Tak, panie Arai.

Dopiero teraz spuściła wzrok i złożyła ukłon.

Arai zawołał Niwę, by wydać polecenia na dzień następny. Kaede pożegnała się uniżenie.

Wiedziała, że w rozmowie dobrze się spisała; mogła sobie pozwolić na udawanie, że bezwarunkowo uznaje jego władzę.

Bez słowa wróciły z Shizuką do pomieszczeń dla kobiet. Stara służąca rozłożyła już posłania, przyniosła nocne stroje, pomogła Shizuce rozebrać Kaede i usunęła się do sąsiedniego pokoju, życząc im dobrej nocy.

Shizuka była blada i zgaszona – Kaede jeszcze jej takiej nie widziała. W końcu dotknęła ręki Kaede i szepnęła: – Dziękuję. – Kiedy spoczęły pod bawełnianymi kołdrami, słuchając, jak komary bzyczą wokół nich, a ćmy z trzepotem rozbijają się o lampy, Kaede wyczuła obok siebie zesztywniałe ciało Shizuki i pojęła, że dziewczyna zmaga się z żałością, choć nie uroniła ani jednej łzy.

Kaede, milcząc, wyciągnęła rękę i mocno przytuliła towarzyszkę. Przeżywała taki sam smutek, ale też nie płakała. Nie mogła dopuścić, by cokolwiek osłabiło rosnącą w niej moc.

Rozdział drugi

Następnego ranka kobiety wyruszyły tuż po wschodzie słońca; przed domem czekały na nie lektyki oraz eskorta. Pomna rady swej krewniaczki, pani Maruyama, Kaede wsiadła do palankinu tak lekko, jakby wzorem większości kobiet stała się istotą kruchą i bezsilną. Upewniła się, czy koń Takeo został zabrany ze stajni, a na drodze podniosła zasłony z woskowanego papieru i ciekawie wyjrzała na zewnątrz.

Nie mogła jednak znieść kołysania; nawet piękne widoki nie powstrzymały ataku mdłości. Na pierwszym postoju w Yamagacie poczuła taki zawrót głowy, że nogi się pod nią ugięły. Nie była w stanie patrzeć na jedzenie, a gdy wypiła odrobinę herbaty, natychmiast zwymiotowała. Niedomaganie fizyczne doprowadzało ją do szału, podkopując nowo odkryte poczucie własnej siły. Shizuka zaprowadziła ją do zajazdu, zmusiła do krótkiego odpoczynku i obmyła jej twarz zimną wodą. Słabość minęła równie szybko, jak się pojawiła, Kaede zdołała nawet przełknąć trochę zupy z czerwonej fasoli oraz wypić czarkę herbaty.

Niestety, na widok czarnej lektyki znowu ją zemdliło.

– Przyprowadźcie konia – poleciła. – Pojadę wierzchem.

Z pomocą giermka dosiadła Raku, a Shizuka zwinnie skoczyła na siodło za jej plecami. Przez całe przedpołudnie jechały tak razem, pogrążone w myślach, niewiele mówiąc, czerpiąc pociechę z wzajemnej bliskości.

Za Yamagatą droga wznosiła się stromo pod górę; miejscami pokrywały ją ogromne stopnie, ułożone z płaskich kamieni. Choć dzień był ciepły, a niebo błękitne, wokół dostrzegało się już oznaki jesieni. Wysoko nad wierzchołkami buków, sumaków i klonów, muśniętych karmazynem i złotem, przelatywały klucze dzikich gęsi.

Las stawał się coraz gęstszy i bardziej duszny. Koń, spuściwszy głowę, ostrożnie stąpał po kamiennych płytach. Czujna eskorta nasłuchiwała w napięciu – po upadku Iidy i klanu Tohan w kraju roiło się od mężczyzn rozmaitego autoramentu, którzy straciwszy pana, przedłożyli rozbój nad przysięgę wierności nowemu władcy.

Raku był silny i sprawny – kiedy podróżni zatrzymali się w zajeździe na przełęczy, jego sierść, mimo upału i wysiłku wspinaczki, tylko nieznacznie pociemniała od potu. Minęło południe. Wierzchowce odprowadzono, aby je nakarmić i napoić, mężczyźni rozłożyli się w cieniu drzew przy studni, a stara służąca przygotowała w jednym z pokojów materac dla Kaede, która wyciągnęła się na nim z wdzięcznością.

Wysokie cedry za oknem osłaniały pokój przed jaskrawym blaskiem słońca, światło było tu przyćmione, powietrze miało barwę ciemnej zieleni. Z oddali dobiegał chłodny plusk strumyka, spokojne rozmowy mężczyzn, czasem wybuch śmiechu Shizuki gawędzącej z kimś w kuchni. Słysząc jej wesołą paplaninę, Kaede ucieszyła się, że towarzyszka najwyraźniej odzyskuje dobry humor, jednak niebawem pogawędka przybrała głębszy, poważniejszy ton i wkrótce Kaede przestała rozróżniać słowa.

W końcu rozmowa ucichła zupełnie. Po chwili do pokoju weszła Shizuka i położyła się obok Kaede.

– Z kim rozmawiałaś?

Shizuka obróciła głowę i szepnęła Kaede wprost do ucha:

– Pracuje tu moja krewna.

– Wszędzie masz krewnych.

– Tak to jest w Plemieniu.

Kaede milczała przez moment, po czym rzekła:

– I nikt z zewnątrz nie podejrzewa, kim jesteście? Nikt nie chce…

– Nie chce czego?

– Pozbyć się was?

– Nikt by się nie odważył! – zaśmiała się Shizuka. – Znamy nieskończenie więcej sposobów, aby pozbyć się owego kogoś. W dodatku nikt nie wie o nas nic konkretnego, choć oczywiście wielu ludzi coś podejrzewa. Chyba zauważyłaś, że zarówno mój wuj Kenji, jak i ja potrafimy pojawiać się w wielu różnych wcieleniach. Członkowie Plemienia, oprócz innych zdolności, mają to do siebie, że trudno ich rozpoznać.

– Opowiesz mi więcej? – poprosiła Kaede, zafascynowana obcym światem, skrytym w cieniu tego, który znała.

– Trochę mogę ci powiedzieć. Nie wszystko. Ale później, kiedy nikt nas nie podsłucha.

Za oknem rozległo się skrzekliwe nawoływanie wrony.

– Od kuzynki dowiedziałam się dwóch rzeczy – podjęła Shizuka. – Po pierwsze, Takeo nie opuścił Yamagaty. Ukrywa się w mieście. Arai wszędzie go szuka, wysłał zbrojnych na gościniec.

Wrona znów krzyknęła. Kraa! Kraa!

Być może dzisiaj mijałam jego kryjówkę, pomyślała Kaede.

– A druga rzecz? – zapytała po dłuższej chwili.

– W drodze może się nam przytrafić wypadek.

– Jaki wypadek?

– Mam zginąć. Arai, jak to ładnie ujmujesz, najwyraźniej pragnie się mnie pozbyć. Nie może znieść świadomości, że wciąż żyję, ale nie chciałby obrazić ciebie, więc zdarzenie ma wyglądać na przypadkowe, napaść rozbójników, coś w tym rodzaju.

– Musisz natychmiast odejść! – przejęta Kaede aż podniosła głos. – Dopóki jesteś ze mną, wie, gdzie cię szukać!

– Ciii! – uspokoiła ją Shizuka. – Tylko cię uprzedzam, abyś nie zrobiła niczego głupiego.

– To znaczy czego?

– Mogłabyś użyć noża, próbować mnie bronić.

– Pewnie tak bym postąpiła.

– Wiem. Ale twoja odwaga i umiejętności muszą pozostać tajemnicą. Zresztą jedzie z nami ktoś, kto mnie ochroni, może nawet tych ludzi jest więcej. Oni zajmą się walką.

– Kto taki?

– Jeżeli panienka odgadnie, dam panience podarek! – zawołała Shizuka beztrosko.

– Co się stało z twoim złamanym sercem? – zdumiała się Kaede.

– Wściekłość świetnie goi rany – odparła Shizuka, po czym dodała poważniejszym tonem: – Pewnie już nigdy nikogo nie pokocham tak jak jego. Ale nie zrobiłam nic haniebnego. To nie ja postąpiłam niegodziwie. Byłam jego kochanką, ale i zakładniczką. Odpychając mnie, jednocześnie zwrócił mi wolność.

– Powinnaś jak najszybciej odjechać – upierała się Kaede.

– Jakże mogę cię teraz porzucić? Jestem ci potrzebna bardziej niż kiedykolwiek!

Kaede znieruchomiała.

– Dlaczego bardziej niż kiedykolwiek?

– Panienko, wiesz przecież. Krwawienie ci się spóźnia, rysy złagodniały, włosy zgęstniały. Te nudności, a zaraz po nich głód… – Głos Shizuki był miękki, współczujący.

Serce Kaede załomotało. Owo przeczucie tkwiło w niej od dawna, lecz nie miała odwagi się z nim zmierzyć.

– Co mam robić?

– Czyje to dziecko? Mam nadzieję, że nie Iidy?

– Zabiłam Iidę, zanim zdążył mnie zgwałcić. Jeżeli istotnie jestem w ciąży, to tylko z Takeo.

– Kiedy? – Shizuka aż wstrzymała dech.

– Tej nocy, gdy zginął Iida, Takeo przyszedł do mego pokoju. Oboje myśleliśmy, że czeka nas śmierć.

– Czasem wydaje mi się, że on jest trochę szalony.

– Szalony nie, ale może opętany – powiedziała Kaede. – Zupełnie jakby w Tsuwano ktoś rzucił na nas urok.

– Cóż – westchnęła Shizuka – to po trosze wina moja i mojego wuja. Nie powinniśmy byli dopuścić do waszego spotkania.

– Nikt, ani ty, ani twój wuj, nie mógł temu zapobiec – mówiąc to, Kaede poczuła mimowolne drgnienie radości.

– Gdyby to było dziecko Iidy, wiedziałabym, co zrobić – ciągnęła Shizuka. – Nie wahałabym się ani chwili. Znam różne zioła, które mogłabym ci dać, żebyś pozbyła się kłopotu. Ale dziecko Takeo to moja krew, moja rodzina.

Kaede nie odezwała się. Być może dziecko odziedziczy zdolności Takeo, myślała. Zdolności, które czynią go tak cennym. Wszyscy chcą go wykorzystać do swoich celów, ale moja miłość jest bezinteresowna. Nigdy nie pozbędę się jego dziecka. I nie pozwolę, by Plemię mi je odebrało. Czy Shizuka potrafiłaby to zrobić? Czy byłaby zdolna do zdrady?

Milczała tak długo, że Shizuka uniosła się, by sprawdzić, czy towarzyszka nie śpi. Ale oczy Kaede były szeroko otwarte, wpatrzone w zielone światło za oknem.

– Jak długo potrwają mdłości?

– Niedługo. I przez trzy, cztery miesiące nie będzie nic widać.

– Wszystko wiesz. Mówiłaś, że masz dwóch synów?

– Tak. To dzieci Araiego.

– Gdzie są teraz?

– U moich dziadków. On o tym nie wie.

– Nie uznał ich?

– Bardzo się nimi interesował, dopóki się nie ożenił, ale potem prawowita żona urodziła mu syna. A ponieważ moi synowie są starsi, uznał, że stanowią zagrożenie dla dziedzica rodu. Domyśliłam się, co zamierza, i ukryłam ich w wiosce rodziny Muto. Nie pozwolę, by poznał miejsce ich pobytu.

Pomimo upału Kaede zadrżała.

– Sądzisz, że mógłby ich skrzywdzić?

– Nie po raz pierwszy wielki pan, wojownik, tak by postąpił – odparła gorzko Shizuka.

– Boję się ojca – szepnęła Kaede. – Co on mi zrobi?

Shizuka pochyliła się ku niej.

– Przypuśćmy, że pan Shigeru, obawiając się, że Iida go zdradzi, nalegał na zawarcie potajemnego małżeństwa w Terayamie tego dnia, kiedy odwiedziliśmy świątynię. Przypuśćmy, że świadkami były twoja krewna, pani Maruyama, oraz jej służąca Sachie. Niestety, obie zginęły.

– Nie mogę tak kłamać przed światem... – zaczęła Kaede.

– Nie będziesz musiała nic mówić – uciszyła ją Shizuka. – Wszystko odbyło się po kryjomu, a teraz spełniasz życzenie swego zmarłego męża. Rozpowiem tę wiadomość jakby nieumyślnie. Zobaczysz, że strażnicy natychmiast zaczną ją rozpowiadać.

– A dokumenty, dowody?

– Spłonęły wraz ze wszystkim, gdy padła Inuyama. To będzie dziecko Shigeru. A jeśli urodzi się chłopiec, zostanie dziedzicem Otori.

– Za daleka to przyszłość, by się nad nią zastanawiać – rzekła Kaede pośpiesznie. – Nie kuś losu.

Pomyślała bowiem o prawdziwym, nienarodzonym dziecku Shigeru – tym, które w łonie matki utonęło w wodach rzeki pod Inuyamą. Modliła się, by jego duch nie był zazdrosny, aby pozwolił jej własnemu dziecku żyć.

Po tygodniu mdłości trochę ustąpiły. Piersi Kaede obrzękły, brodawki stały się bolesne, nękały ją niespodziewane napady głodu, ale poza tym czuła się świetnie, lepiej niż kiedykolwiek w życiu. Jej zmysły wyostrzyły się, zupełnie jakby dziecko użyczyło jej swoich talentów. Ze zdumieniem patrzyła, jak pozornie sekretna wieść Shizuki zaczyna krążyć wśród strażników z eskorty, aż jeden po drugim zaczęli zwracać się do niej „pani Otori", z szacunkiem ściszając głos i odwracając wzrok. Czuła się nieswojo w tej roli, lecz zgadzała się na nią, gdyż nie bardzo wiedziała, jak postąpić.

Uważnie przyglądała się mężczyznom, próbując odgadnąć, który z nich jest owym członkiem Plemienia, mającym w odpowiedniej chwili obronić Shizukę. Ta, odzyskawszy pogodę ducha, śmiała się i żartowała ze wszystkimi jednakowo, a oni reagowali zgodnie ze swoim usposobieniem, jedni uznaniem, inni pożądaniem, ale żaden nie przejawiał jakiejś szczególnej czujności.

Rzadko patrzyli wprost na Kaede, toteż byliby zdziwieni, wiedząc, jak dobrze ich poznała. W ciemnościach rozróżniała ich po głosie i kroku, a czasem nawet po zapachu, nadała im też imiona: Blizna, Zezowaty, Milczący, Długa Ręka.

Długa Ręka pachniał gorącym, korzennym olejem, którym strażnicy przyprawiali ryż; głos miał niski, wymowę chrapliwą, w jego obejściu kryło się coś bezczelnego, jakby ironia, która bardzo Kaede złościła. Był niewysoki, o dużej głowie, wysokim czole i lekko wyłupiastych oczach, tak czarnych, że wydawały się pozbawione źrenic. Często je mrużył, jednocześnie mocno pociągając nosem i odrzucając głowę do tyłu. Ręce miał długie, a dłonie wielkie; jeśli ktoś mógłby zamordować kobietę, myślała Kaede, to właśnie on.

Drugiego tygodnia podróży nagła burza zatrzymała podróżnych w małej górskiej wiosce. Kaede, uwięziona przez deszcz w ciasnej, wąskiej izbie, nie mogła znaleźć sobie miejsca. Dręczył ją niepokój o matkę, a gdy próbowała połączyć się z nią w myślach, napotykała jedynie ciemność. Usiłowała przypomnieć sobie jej twarz, ale bez skutku, nie umiała też przywołać obrazu sióstr. Najmłodsza miała już prawie dziewięć lat! Jeżeli matka, jak się obawiała, nie żyje, ona, Kaede, będzie musiała zająć jej miejsce, opiekować się siostrami, prowadzić dom – nadzorować gotowanie, sprzątanie, tkanie i szycie, wszystkie te całoroczne zajęcia kobiet, których dziewczęta uczyły się od matek, ciotek i babek. Nie miała o nich pojęcia; kiedy była zakładniczką Noguchi, całkowicie ją zaniedbano. Niewiele umiała, oprócz tego, jak przetrwać w zamku, po którym biegała niczym pokojówka, usługując uzbrojonym mężczyznom. Cóż, będzie trzeba nauczyć się różnych praktycznych umiejętności. Dzięki dziecku, które nosiła w łonie, odkryła w sobie nieznane dotąd uczucia i odruchy, instynkt, który każe troszczyć się o bliskich. Myślała o wiernych doradcach rodu Shirakawa, ludziach takich jak Shoji Kiyoshi i Amano Tenzo, którzy przyjechali z jej ojcem odwiedzić ją w zamku Noguchi, oraz o służbie domowej, o starej opiekunce Ayame, za którą tęskniła niemal tak jak za matką, gdy w wieku lat siedmiu odesłano ją w niewolę. Czy Ayame jeszcze żyje? Czy pamięta dziewczynkę, którą się opiekowała? Kaede wracała, rzekomo zamężna i owdowiała, odpowiedzialna za śmierć kolejnego mężczyzny, a w dodatku w ciąży. Jakie powitanie czekało ją w rodzinnym domu?

Strażnicy także wydawali się rozdrażnieni zwłoką. Wiedziała, że chcą jak najprędzej pozbyć się uciążliwego obowiązku, że niecierpliwie pragną wrócić na wojnę, która była ich pracą, ich życiem. Chcieli być na Wschodzie i brać udział w zwycięstwach Araiego nad Tohańczykami, a nie pilnować kobiet na Zachodzie, z dala od wszelkich walk.

Arai to tylko jeden z nich, pomyślała zaskoczona. W jaki sposób nagle stał się tak potężny? Co takiego miał w sobie, że ci mężczyźni, w końcu dorośli i silni fizycznie, szli za nim i byli mu posłuszni?

Deszcz wreszcie ustał i mogli ruszyć w dalszą drogę. Burza oczyściła powietrze z duchoty i dni, które nastąpiły, były olśniewająco piękne; ogromne, błękitne niebo wisiało rozpięte wysoko nad szczytami gór, w lasach co dzień bardziej czerwieniały klony. Noce stały się chłodniejsze, niosąc powiew przyszłych mrozów.

Wędrówka zdawała się ciągnąć bez końca, postoje dłużyły się, Kaede była zmęczona. Wreszcie pewnego ranka Shizuka oznajmiła:

– To ostatnia przełęcz. Jutro będziemy w Shirakawie.

Posuwały się w dół stromą ścieżką, grubo usłaną sosnowymi igłami. Konie stąpały bezszelestnie. Shizuka szła, prowadząc Raku, Kaede jechała wierzchem. Pod sosnami i cedrami panował półmrok, lecz nieco dalej promienie słońca, ukośnie prześwietlające bambusowy gaj, rzucały na drogę cętki zielonkawego światła.

– Jeździłaś już tędy? – zapytała Kaede.

– Często. Po raz pierwszy wiele lat temu. Wysłano mnie do Kumamoto, do pracy w rodzinie Arai, kiedy byłam młodsza niż ty teraz. Stary pan jeszcze żył i trzymał synów żelazną ręką, ale najstarszy, imieniem Daiichi, i tak sprowadzał sobie do łóżka pokojówki. Długo mu się opierałam, co, jak wiesz, nie przychodzi łatwo dziewczynom w zamku. Uparłam się, że nie pozwolę, by zapomniał o mnie tak szybko jak o pozostałych. No i oczywiście spełniałam oczekiwania mojej rodziny Muto.

– A więc przez cały czas go szpiegowałaś – mruknęła Kaede.

– Niektórzy ludzie bardzo się interesowali powiązaniami rodu Arai. Zwłaszcza Daiichiego, zanim jeszcze poszedł na służbę rodu Noguchi.

– Niektórzy ludzie, to znaczy Iida?

– Oczywiście. To należało do układu, który zawarł z klanem Seishuu po Yaegaharze. Arai nie chciał służyć Noguchim. Nie lubił Iidy, a Noguchiego uważał za zdrajcę, ale musiał być posłuszny.

– Więc pracowałaś dla Iidy?

– Wiesz, dla kogo pracuję – odparła cicho Shizuka. – Zawsze i przede wszystkim dla rodziny Muto, dla Plemienia. Iida zatrudniał wówczas wielu z nas.

– Nigdy tego nie pojmę – powiedziała Kaede.

Dotąd uważała, iż sojusze w obrębie jej własnej klasy są skomplikowane – nowe zawierane przez małżeństwo, stare podtrzymywane dzięki wymianie zakładników i często zrywane wskutek nagłej obrazy, waśni lub czystego oportunizmu – ale w porównaniu z intrygami Plemienia robiły wrażenie prostych. Znowu naszła ją nieprzyjemna myśl, że Shizuka towarzyszy jej wyłącznie na rozkaz Muto.

– Mnie też szpiegujesz?

Shizuka dała jej dłonią znak, by zamilkła.

– No więc? – nalegała Kaede. Strażnicy jechali daleko za nimi i przed nimi, poza zasięgiem głosu.

Shizuka oparła dłoń na końskim kłębie. Kaede spojrzała na jej kark, bielejący pod ciemnymi włosami. Twarz dziewczyny była odwrócona, niewidoczna; koń ostrożnie stąpał po zboczu.

– Powiedz mi – Kaede pochyliła się do przodu, usiłując mówić jak najciszej.

Wtem wierzchowiec spłoszył się i szarpnął, sprawiając, że łagodny ruch Kaede zamienił się w nagły upadek.

Lecę! – pomyślała zdumiona, patrząc, jak ścieżka błyskawicznie zmierza na jej spotkanie, po czym stoczyła się na Shizukę.

Koń uskoczył, a Kaede uświadomiła sobie, że wokół panuje zamęt, spowodowany innym, znacznie większym niebezpieczeństwem.

– Shizuka! – zawołała.

– Leż! – warknęła towarzyszka, przyciskając ją do ziemi, choć Kaede broniła się, próbując unieść głowę.

Przed nimi na ścieżce stali dwaj mężczyźni z obnażonymi mieczami, sądząc z wyglądu, bandyci. Kaede odruchowo sięgnęła po nóż; zdążyła jeszcze pożałować, że nie ma miecza albo przynajmniej kija, gdy usłyszała głęboki dźwięk zwalnianej cięciwy. Koń znów odskoczył i wierzgnął, spłoszony strzałą, która o włos minęła jego ucho.

44

Rozległ się krótki okrzyk i jeden z napastników padł u stóp Kaede, brocząc krwią z przebitej szyi. Drugi zawahał się. Koń rzucił się w bok, zbijając go z nóg. Bandyta zamachnął się desperacko, usiłując dosięgnąć ostrzem Shizuki, gdy nagle drogę zastąpił mu Długa Ręka i po fantastycznie szybkim zwodzie jakby bezwiednie wbił mu w krtań czubek miecza.

Ludzie z przodu zawrócili pędem, ci z tyłu przepychali się jeden przez drugiego. Shizuka, chwyciwszy konia za wodze, usiłowała go uspokoić.

Długa Ręka pomógł Kaede podnieść się z ziemi.

– Proszę się nie bać, pani Otori – rzekł swoim chrapliwym głosem, rozsiewając mocną woń olejku pieprzowego. – To tylko rozbójnicy.

Tylko rozbójnicy? – pomyślała Kaede. Zginęli tak nagle i tak krwawo. Może i rozbójnicy, lecz na czyim żołdzie?

Strażnicy zebrali broń obcych i pociągnęli o nią losy, a ciała wrzucili w krzaki. Niepodobna było orzec, czy któryś z nich spodziewał się ataku, czy był rozczarowany jego niepowodzeniem. Z pewnością teraz okazywali Długiej Ręce więcej szacunku – jego waleczność i czujność wyraźnie zrobiła na nich wrażenie – lecz poza tym zachowywali się tak, jakby całe wydarzenie było czymś normalnym, typowym ryzykiem związanym z podróżą. Pokpiwali z Shizuki, że bandyci zapewne chcieli pojmać ją za żonę, ona zaś odpowiadała w tym samym duchu, mówiąc, że lasy są pełne zdesperowanych mężczyzn, ale nawet oni mają u niej większe szanse niż ktokolwiek z eskorty.

– Nigdy bym się nie domyśliła, kim jest twój obrońca – wyznała jej później Kaede. – Prawdę mówiąc, myślałam, że właśnie on ma cię zabić tymi wielkimi rękami.

Shizuka wybuchnęła śmiechem.

– To całkiem inteligentny człowiek i bezwzględny wojownik. Ale łatwo go nie docenić. Nie tobie jednej sprawił niespodziankę. Bałaś się?

Kaede spróbowała sobie przypomnieć.

– Nie, głównie dlatego, że zabrakło mi czasu. Żałowałam, że nie noszę miecza.

– Masz dar odwagi.

– To nieprawda. Często się boję.

– Nikt by się nie domyślił – mruknęła Shizuka.

Siedziały w małym zajeździe na granicy dóbr Shirakawa. Kaede zażyła kąpieli w gorącym źródle i teraz, przebrana w nocny strój, czekała, aż przyniosą jej wieczorny posiłek. W zajeździe powitano ją zdawkowo, miasteczko ją przygnębiło; wyraźnie brakowało tu żywności, a ludność robiła wrażenie ponurej i zniechęconej.

Po upadku miała posiniaczony bok, obawiała się też o dziecko. Denerwowała się bliskim spotkaniem z ojcem – czy uwierzy w jej ślub z panem Otori? Nie potrafiła sobie wyobrazić jego furii, gdyby odkrył prawdę.

– W tej chwili nie czuję się zbyt odważna – wyznała.

– Pozwól, wymasuję ci głowę. Wyglądasz na wyczerpaną – zaproponowała Shizuka.

Lecz nawet wygodnie ułożona, rozkoszując się dotykiem palców towarzyszki, Kaede nie wyzbyła się wątpliwości. Wciąż pamiętała, o czym rozmawiały w chwili ataku.

– Jutro będziesz w domu – odezwała się Shizuka, wyczuwając jej napięcie. – Podróż dobiega już końca.

– Shizuko, powiedz szczerze. Dlaczego naprawdę ze mną zostałaś? Żeby mnie szpiegować? Na czyich usługach jest teraz rodzina Muto?

– Na razie nikt nas nie zatrudnia. Upadek Iidy wtrącił w zamęt wszystkie Trzy Krainy, Arai zaś twierdzi, że zetrze Plemię z powierzchni ziemi. Nie wiemy, czy mówi poważnie, czy też w końcu oprzytomnieje i zacznie z nami współpracować. Tymczasem mój wuj Kenji, który darzy panią Shirakawa ogromnym podziwem, chce być informowany o stanie jej zdrowia i o jej zamiarach.

I o moim dziecku, pomyślała Kaede, lecz nic nie powiedziała. Zamiast tego zapytała zdziwiona:

– O moich zamiarach?

– Jesteś dziedziczką rodu Maruyama, jednego z najbogatszych i najpotężniejszych na Zachodzie, jak również spadkobierczynią własnych dóbr Shirakawa. Ten, kogo poślubisz, stanie się postacią niezwykle ważną dla przyszłości Trzech Krain. W obecnej chwili panuje przekonanie, że podtrzymasz sojusz z Araim i tym samym umocnisz jego pozycję na Zachodzie, co pozwoli mu rozprawić się z panami Otori; a zatem twoje losy są ściśle związane z losami rodu Otori i ze Środkową Krainą.

– Być może nie poślubię nikogo – odrzekła Kaede, na poły do siebie. A w takim razie, pomyślała, dlaczego nie miałaby sama zostać niezwykle ważną postacią?

Rozdział trzeci

Odgłosy świątyni w Terayamie, dzwon o północy, śpiewy mnichów, powoli cichły w oddali, gdy w ślad za mistrzami Kikutą Kotaro i Muto Kenjim podążałem samotną, stromą i zarośniętą ścieżką wzdłuż strumienia. Szliśmy szybko; szum płynącej wody tłumił nasze kroki. Mówiliśmy niewiele i nie spotkaliśmy nikogo.

Kiedy dotarliśmy do Yamagaty, wstawał świt i piały pierwsze koguty. Ulice miasta były puste, choć zniesiono godzinę policyjną i zniknęły tohańskie patrole. Skierowaliśmy się do domu kupca w śródmieściu, niedaleko owego zajazdu, gdzie mieszkałem w czasie Święta Umarłych. Znałem już tę ulicę z czasów, gdy nocami wędrowałem po mieście, ale miałem wrażenie, że było to w innym życiu.

Choć zjawiliśmy się tak cicho, że nawet pies nie zaszczekał, córka Kenjiego, Yuki, otworzyła nam bramę. Wyglądała tak, jakby czekała na nas całą noc; nic nie mówiła, lecz pochwyciłem skupione spojrzenie, jakim mnie obrzuciła. Jej twarz, piękne oczy, zgrabna, umięśniona sylwetka aż nadto dobitnie przypomniały mi straszliwe wypadki, które zaszły w Inuyamie w noc śmierci Shigeru. Miałem nieśmiałą nadzieję, że zastanę ją w Terayamie – to ona jechała dzień i noc, aby zawieźć głowę Shigeru do świątyni i zawiadomić klasztor o jego śmierci – i teraz chciałem zapytać ją o wiele rzeczy: o podróż, powstanie w Yamagacie, obalenie klanu Tohan.

Jej ojciec i mistrz Kikuta weszli do domu, ja przystanąłem na werandzie. Nad drzwiami paliło się małe światełko.

– Nie spodziewałam się, że ujrzę cię żywego – powiedziała Yuki.

– Nie spodziewałem się, że przeżyję – odparłem, po czym, pamiętając jej sprawność i bezwzględność dla wroga, dodałem: – Mam wobec ciebie ogromny dług wdzięczności. Nigdy nie zdołam ci się odwdzięczyć.

– Spłacałam własne długi – uśmiechnęła się. – Nie jesteś mi nic winien. Ale mam nadzieję, że zostaniemy przyjaciółmi.

Słowo „przyjaźń" wydało mi się dalece niewystarczające, aby opisać uczucie, które nas łączyło.

To Yuki pomogła mi wykraść i pomścić Shigeru, to ona przyniosła mi Jato, jego miecz. Dzięki niej dokonałem najważniejszych, najbardziej rozpaczliwych czynów w życiu. Przepełniała mnie wdzięczność wobec niej – wdzięczność przemieszana z podziwem.

Dziewczyna zniknęła, ale zaraz wróciła z miską wody. Obmyłem stopy, słuchając rozmowy mistrzów za ścianą. Chcieli odpocząć kilka godzin, a potem wysłać mnie w dalszą drogę pod opieką Kotaro. Pokręciłem głową ze znużeniem. Miałem dość słuchania.

– Chodź – powiedziała Yuki.

Zaprowadziła mnie do samego środka domu, gdzie, podobnie jak w Inuyamie, znajdował się ukryty pokoik, ciasny niczym nora węgorza.

– Znowu jestem więźniem? – zapytałem, patrząc na pozbawione okien ściany.

– Nie, to tylko dla twojego bezpieczeństwa, żebyś mógł przez kilka godzin odpocząć. Potem pójdziesz dalej.

– Wiem, słyszałem.

– Oczywiście. Zapomniałam, że wszystko słyszysz.

– Za dużo – odparłem, siadając na rozłożonym na podłodze materacu.

– Trudno żyć z takim talentem. Ale lepiej go mieć niż nie mieć. Przyniosę coś do jedzenia, już przygotowałam herbatę.

Za kilka chwil wróciła z posiłkiem. Wypiłem herbatę, ale nie mogłem patrzeć na jedzenie.

– Nie ma gorącej wody na kąpiel – oznajmiła Yuki. – Przepraszam.

– Przeżyję.

Już dwukrotnie mnie kąpała: raz tutaj, w Yamagacie, kiedy wyszorowała mi plecy i wymasowała skronie, ja zaś nie wiedziałem, z kim mam do czynienia, i drugi raz w Inuyamie, kiedy ze zmęczenia prawie nie mogłem chodzić. Zalała mnie fala wspomnień. Nasze oczy spotkały się; odgadłem, że ona myśli o tym samym, lecz zaraz odwróciła wzrok i rzekła cicho:

– Zostawiam cię. Śpij.

Położyłem nóż obok posłania, po czym wśliznąłem się pod kołdrę, nawet nie zadając sobie trudu, by się rozebrać. Słowa Yuki o talencie zastanowiły mnie. Nie sądziłem, bym jeszcze kiedykolwiek był taki szczęśliwy jak w Mino, wiosce, gdzie się urodziłem – ale w Mino mieszkałem jako dziecko, potem wioskę strawił pożar, a moja rodzina zginęła. Tamte sprawy należały do przeszłości; zgodziłem się o nich zapomnieć, gdy przystałem do Plemienia. Mistrzowie bardzo tego pragnęli, właśnie ze względu na mój dar, ja zaś wiedziałem, że tylko jako członek Plemienia zdołam w pełni zawładnąć zdolnościami, które zostały mi dane.

Wspomniałem Kaede, którą zostawiłem śpiącą w Terayamie. Ogarnęło mnie poczucie beznadziei, a w ślad za nim rezygnacja. Nigdy już jej nie ujrzę, pomyślałem, będę musiał o niej zapomnieć. Miasto wokół mnie z wolna budziło się do życia; wreszcie, gdy za drzwiami całkiem się rozjaśniło, zasnąłem.

Obudziły mnie pośpieszne kroki ludzi i koni za ścianą. Światło w pokoju zmieniło barwę, jakby słońce już przeszło nad dachem, nie miałem jednak pojęcia, jak długo spałem. Jakiś mężczyzna głośno krzyczał, odpowiadała mu rozżalona, coraz bardziej rozzłoszczona kobieta. Po kilku słowach pojąłem, że ludzie Araiego chodzą po domach i mnie szukają.

Odrzuciłem kołdrę i wymacałem nóż. Wtem drzwi odsunęły się bezszelestnie i do pokoju wszedł Kenji, szczelnie domykając za sobą fałszywą ścianę. Obrzucił mnie krótkim spojrzeniem, pokręcił głową, po czym usiadł ze skrzyżowanymi nogami w ciasnym kącie między posłaniem i ścianą.

Rozpoznałem głosy – należały do ludzi Araiego, których poznałem w Terayamie. Usłyszałem, jak Yuki uspokaja rozgniewaną kobietę i proponuje żołnierzom coś do picia.

– Teraz wszyscy jesteśmy po tej samej stronie – tłumaczyła ze śmiechem. – Sądzicie, że zdołalibyśmy ukryć Otori Takeo, gdyby naprawdę tu był?

Mężczyźni szybko wypili i poszli dalej. Gdy ich kroki ucichły, Kenji zerknął na mnie drwiąco.

– No, no. Teraz nikt w Yamagacie nie może udawać, że o tobie nie słyszał – parsknął. – Śmierć Shigeru uczyniła zeń boga, ty dzięki śmierci Iidy stałeś się bohaterem. Ludzie oszaleli na punkcie całej tej historii. Tylko niech ci się nie przewróci w głowie – dodał, pociągając nosem. – Strasznie irytująca sytuacja. Arai urządził na ciebie istną obławę, wszędzie cię szuka. Potraktował twoje zniknięcie jak osobistą obelgę. Na szczęście nie znają cię tu z widzenia, ale i tak będziemy musieli przygotować ci jakieś przebranie. – Przyjrzał mi się uważnie: – No i ta pańska mina Otori… lepiej się jej pozbądź!

Przerwało mu skrzypienie odsuwanej ściany. Do pokoju wszedł Kikuta Kotaro oraz Akio, młody mężczyzna, jeden z tych, którzy pojmali mnie w Inuyamie. Za nimi podążała Yuki, niosąc tacę z herbatą.

Ukłoniłem się nisko.

– Akio był w mieście, żeby się czegoś dowiedzieć – rzekł mistrz Kikuta, odpowiadając mi skinieniem głowy.

Akio padł na kolana przed Kenjim, natomiast ze mną przywitał się zdawkowo. Oddałem ukłon. Kiedy wraz z kilkoma członkami Plemienia porwał mnie w Inuyamie, robił, co mógł, by mnie poskromić, nie wyrządzając mi krzywdy, ja natomiast walczyłem zażarcie. Chciałem go zabić, ciąłem nożem – na jego lewej dłoni wciąż widniała czerwona, jątrząca się rana. Niewiele wówczas rozmawialiśmy, skarcił mnie tylko za brak manier i oskarżył o złamanie reguł Plemienia. Od początku nie było między nami życzliwości, teraz zaś, gdy spojrzałem mu w oczy, zobaczyłem w nich głęboką wrogość.

– Pan Arai jest wyraźnie wściekły, że ten osobnik odszedł bez zezwolenia i odtrącił propozycję nader korzystnego małżeństwa. Pan Arai wydał rozkaz jego aresztowania, ponadto zamierza przeprowadzić śledztwo w sprawie organizacji znanej jako Plemię, którą uważa za nielegalną i niepożądaną. – Tu Akio znów ukłonił się Kotaro i rzekł sztywno: – Proszę wybaczyć, nie wiem, jakie imię ma nosić ten osobnik.

Mistrz pogładził brodę, ale nie odpowiedział. Już przedtem, rozmawiając ze mną, kazał mi zachować imię Takeo, choć wspomniał, że nie jest ono używane w Plemieniu. Czy powinienem przybrać nazwisko rodowe Kikuta? Jakie imię zamierzali mi nadać? Nie chciałem wyrzekać się imienia Takeo, którym obdarzył mnie Shigeru, skoro jednak nie należałem już do klanu Otori, może nie miałem do niego prawa?

– Arai wyznaczył nagrodę za wieści o Takeo – rzekła Yuki, stawiając przed każdym z nas czarkę herbaty.

– Nikt w Yamagacie nie ośmieli się zdradzić! – oznajmił buńczucznie Akio. – Inaczej będzie miał z nami do czynienia!

– Tego właśnie się obawiałem – zwrócił się Kotaro do Kenjiego. – Arai w gruncie rzeczy nas nie zna, prawie się z nami nie stykał, ale już boi się naszej siły.

– Może powinniśmy go usunąć? – zapytał Akio skwapliwie. – My...

Kotaro wykonał gest dłonią. Młody człowiek skłonił się i zamilkł.

– Po odejściu Iidy i tak wszystko się chwieje. Gdyby zginął także Arai, kto wie, jaka zapanowałaby anarchia.

– Nie upatruję w Araim wielkiego zagrożenia – dodał Kenji. – Pogróżki i przechwałki, owszem, ale w istocie nic więcej. Sprawy przybrały taki obrót, że w nim leży nasza największa nadzieja na pokój. – Zerknął na mnie. – Tego pragniemy przede wszystkim. Żebyśmy mogli prosperować, musi zapanować jaki taki ład.

– Arai chce wrócić do Inuyamy i ogłosić ją swoją stolicą – rzekła Yuki. – Jest lepiej położona niż Kumamoto, łatwiej jej bronić. Prawem zwycięzcy wszystkie ziemie Iidy i tak należą się Araiemu.

– Hmm – odchrząknął Kotaro i zwrócił się do mnie. – Zamierzałem wziąć cię do Inuyamy; muszę tam załatwić kilka spraw w ciągu najbliższych trzech tygodni i chciałem, żebyś w tym czasie rozpoczął ćwiczenia. Ale chyba będzie lepiej, jeśli przeczekasz tutaj kilka dni. Potem zabierzemy cię na północ, za granicę Środkowej Krainy, do innego domu Kikuta, gdzie nikt nie słyszał o Otori Takeo. Tam zaczniesz nowe życie. Umiesz żonglować?

Pokręciłem głową przecząco.

– Masz tydzień, żeby się nauczyć. Akio ci pokaże, jak to się robi. Pozostaniesz pod opieką Yuki oraz aktorów. Spotkamy się w Matsue.

Skłoniłem się bez słowa, zerkając na Akio spod przymkniętych powiek. Wbił wzrok w ziemię, ściągnąwszy brwi, na jego czole pojawiła się pionowa zmarszczka. Był ode mnie starszy o zaledwie trzy lub cztery lata, lecz w owej chwili wyraźnie dało się przewidzieć, jak będzie wyglądał na starość. A więc był żonglerem! Żałowałem, że zraniłem go w zręczną dłoń kuglarza, choć nadal uważałem swój postępek za całkowicie uzasadniony. Owa walka, jak i inne uczucia, nadal nas dzieliła, nierozstrzygnięta, jątrząca.

– Kenji – podjął Kotaro – przez swój bliski związek z panem Shigeru zanadto rzucasz się w oczy. Zbyt wiele osób wie, że masz tutaj siedzibę. Jeżeli zostaniesz, Arai z pewnością każe cię aresztować.

– Chciałbym na jakiś czas odejść w góry – odrzekł Kenji. – Odwiedzić rodziców, spędzić trochę czasu z dzieciarnią.

Uśmiechnął się łagodnie; znów wyglądał jak mój stary nauczyciel.

– Przepraszam, ale jak ma się nazywać ten osobnik? – wtrącił natarczywie Akio.

– Na razie może przyjąć pseudonim aktorski – odparł Kotaro. – Co się tyczy imienia w Plemieniu, to zależy…

W jego słowach krył się sens, którego nie pojmowałem, lecz Akio najwyraźniej wiedział, o co chodzi.

– Jego ojciec wyparł się Plemienia! – wykrzyknął. – Odwrócił się do nas plecami!

– Ale syn wrócił, obdarzony wszystkimi talentami Kikuta – oświadczył mistrz. – Jednak wciąż jeszcze ty jesteś starszy. Słyszysz, Takeo? – zwrócił się do mnie. – Masz słuchać Akio i uczyć się od niego.

Na ustach Kotaro zaigrał uśmieszek – doskonale wiedział, jak trudne zadanie mi stawia. Kenji zrobił niewyraźną minę, jakby już przewidywał kłopoty.

– Akio posiada wiele umiejętności – ciągnął Kotaro. – Musisz je opanować.

Kiedy skłoniłem się potakująco, odprawił Akio i Yuki, która jeszcze raz napełniła czarki. Po jej odejściu obaj mężczyźni hałaśliwie wysączyli napój. Poczułem zapach gotujących się potraw; miałem wrażenie, że nie jadłem od wielu dni. Pożałowałem, że poprzedniego wieczora nie przyjąłem od Yuki poczęstunku – z głodu robiło mi się słabo.

– Mówiłem, że jestem bratem stryjecznym twego ojca – podjął Kotaro. – Nie powiedziałem ci jednak, że był starszy ode mnie. Po śmierci naszego dziadka zostałby mistrzem. Akio jest moim bratankiem i dotychczas uważałem go za spadkobiercę, lecz twój powrót każe nam ponownie rozważyć kwestię dziedziczenia i starszeństwa. Nasza decyzja będzie zależała od twego zachowania przez kilka najbliższych miesięcy.

Nie od razu pojąłem, o co mu chodzi.

– Akio wychował się w Plemieniu – powiedziałem powoli. – On wie wszystko, ja nie mam o niczym pojęcia. Zapewne jest wielu takich jak on. Nie chcę zajmować jego miejsca. Ani jego, ani nikogo innego.

– Owszem, jest wielu innych – potwierdził Kotaro – i wszyscy są posłuszniejsi, lepiej wyszkoleni, bardziej zasługujący na wyróżnienie niż ty. Ale żaden nie ma tak wyczulonego słuchu i żaden nie poszedłby w pojedynkę na zamek w Yamagacie.

Tamte wydarzenia wydały mi się epizodem z przeszłego życia; prawie zapomniałem, jaki odruch kazał mi wspiąć się na zamek, aby zadać wyzwoleńczą śmierć Ukrytym, wiszącym w koszach na murach fortecy. Po raz pierwszy zabiłem wtedy człowieka i przyszło mi gorzko tego pożałować – gdybym nie zwrócił na siebie uwagi Plemienia, nie pochwyciliby mnie, zanim… zanim…

Otrząsnąłem się. Próby rozwikłania wątków, z których utkana została śmierć Shigeru, nie miały najmniejszego sensu.

– Powiedziałem ci o tym – kontynuował Kotaro – ale powinieneś wiedzieć, że nie będę cię traktował inaczej niż twoich rówieśników. Nie mogę mieć faworytów. Nieważne, jakie masz talenty – bez posłuszeństwa są one dla nas bezużyteczne. I nie muszę ci chyba przypominać przysięgi, którą mi złożyłeś. Zostaniesz tu przez tydzień i będziesz ćwiczył, aby móc uchodzić za żonglera. Spotkamy się w Matsue, zanim spadnie śnieg. Zobaczymy, czy w trakcie nauki zdołasz wykazać należytą pokorę.

– Kto wie, kiedy znów cię zobaczę? – rzekł Kenji, spoglądając na mnie ze zwykłą mieszaniną czułości i zniecierpliwienia. – Moja praca z tobą jest skończona. Odnalazłem cię, uczyłem, jakoś zdołałem uchronić od śmierci i wróciłem cię Plemieniu. Akio będzie dla ciebie znacznie surowszy. – Uśmiechnął się szeroko, ukazując wyszczerbione zęby. – Ale Yuki z pewnością o ciebie zadba. – W jego głosie zabrzmiało coś takiego, że poczułem, iż się czerwienię. Nie zrobiliśmy z Yuki nic złego, nie dotknąłem jej nawet, ale łączyła nas więź i Kenji doskonale o tym wiedział.

Obaj mistrzowie wstali i szeroko uśmiechnięci objęli mnie na pożegnanie.

– Rób, co ci każą – mruknął Kenji, szturchając mnie w bark. – I naucz się żonglować.

Żałowałem, że nie mogę porozmawiać z nim na osobności; tyle spraw między nami domagało się wyjaśnienia. Ale może lepiej się stało, że żegnał się ze mną serdecznie, niczym nauczyciel, z którego nauk wyrosłem. Poza tym, jak miałem się wkrótce dowiedzieć, Plemię nie traci czasu na roztrząsanie przeszłości i nie lubi stawiać jej czoła.

Po wyjściu Kenjiego i Kotaro pokój wydał mi się jeszcze bardziej ponury niż przedtem, duszny, pozbawiony powietrza. Przez ściany słyszałem, jak mistrzowie zbierają się do drogi. Nie dla nich skomplikowane przygotowania i długie pożegnania, typowe dla większości podróżnych – oni po prostu otwierali drzwi i wychodzili, niosąc w rękach wszystko, co potrzebne: lekkie węzełki, zapasowe sandały, kilka ciastek ryżowych doprawionych solonymi śliwkami. Pomyślałem o szlakach, które przemierzali, krążąc tam i z powrotem po Trzech Krainach, a może i dalej, podążając wzdłuż nitek ogromnej sieci, rozsnutej przez Plemię od wioski do wioski, od miasta do miasta. Gdziekolwiek się znaleźli, mieli krewnych i nigdzie nie odmawiano im schronienia ani ochrony.

Usłyszałem propozycję Yuki, że odprowadzi ich do mostu, a potem głos starej kobiety, która przedtem tak urągała żołnierzom:

– Uważajcie na siebie!

Kroki oddaliły się i ucichły. Poczułem jeszcze większe przygnębienie i samotność. Nie miałem pojęcia, jak zdołam wytrzymać tydzień przykuty do tego miejsca; niemal bezwiednie zacząłem czynić plany, żeby się wydostać. Nie chodziło mi o to, żeby uciec – pogodziłem się już z myślą, że zostanę w Plemieniu – pragnąłem po prostu wyjść z pokoju, częściowo po to, by znowu obejrzeć Yamagatę nocą, częściowo by sprawdzić, czy potrafię.

Niedługo później usłyszałem czyjeś kroki. Drzwi odsunęły się i do środka weszła kobieta, niosąc na tacy posiłek: ryż, kiszone jarzyny, kawałek suszonej ryby, miskę zupy.

– Proszę, pewnie chce ci się jeść – powiedziała, klękając, by postawić tacę na podłodze.

Umierałem z głodu, od zapachu zakręciło mi się w głowie. Rzuciłem się na jadło jak wilk.

Kobieta siedziała, przyglądając mi się bacznie.

– A więc to ty sprawiłeś tyle kłopotu mojemu biednemu staremu mężowi – rzekła, gdy wyskrobywałem z miski ostatnie ziarnka ryżu.

Żona Kenjiego! Zerknąłem na nią i napotkałem jej wzrok. Miała gładką twarz, prawie tak bladą jak mąż; w ogóle byli do siebie dość podobni, co się czasem zdarza starym małżeństwom. Krępa, mocnej budowy, miała kwadratowe, sprawne dłonie o krótkich palcach, jak na prawdziwą mieszczkę przystało, oraz gęste, czarne włosy z siwymi pasemkami na skroniach. Z opowiadań Kenjiego na jej temat pamiętałem jedynie, że świetnie gotuje; faktycznie, jedzenie było pyszne.

Powiedziałem jej o tym, a gdy usta kobiety wygięły się w uśmiechu, przez chwilę ujrzałem w niej Yuki – ten sam kształt oczu, ten sam wyraz nagle złagodniałej twarzy.

– Kto by pomyślał, że się pojawisz po tylu latach! – podjęła tonem matczynej pogawędki. – Znałam dobrze Isamu, twego ojca. Do czasu tej awantury z Shintaro nikt nie miał o tobie pojęcia. To niesłychane, że udało ci się usłyszeć i przechytrzyć najgroźniejszego skrytobójcę Trzech Krain! Rodzina Kotaro była wręcz zachwycona, że Isamu zostawił syna! Wszyscyśmy się ucieszyli! I to syna o takich zdolnościach!

Nie odpowiedziałem. Wyglądała na nieszkodliwą staruszkę – ale Kenji też na początku sprawiał wrażenie nieszkodliwego. Poczułem cień nieufności, tej samej, która ogarnęła mnie, gdy po raz pierwszy ujrzałem go na ulicy w Hagi. Znów zerknąłem spod oka i stwierdziłem, że żona Kenjiego otwarcie, wręcz wyzywająco mi się przygląda. Nie miałem zamiaru reagować – musiałem dowiedzieć się więcej o jej zdolnościach i o niej samej.

– Kto zabił mojego ojca? – zapytałem.

– Nie wiadomo. Dopiero po wielu latach nabraliśmy pewności, że naprawdę nie żyje. Znalazł sobie doskonałą kryjówkę.

– Czy to był ktoś z Plemienia?

Pytanie najwyraźniej ją rozśmieszyło, co z kolei wzbudziło mój gniew.

– Kenji mówił mi, że nikomu nie ufasz – powiedziała. – To dobrze, mnie jednak możesz zaufać.

– Jasne, tak samo jak jemu – mruknąłem z przekąsem.

– Gdybyś postąpił zgodnie z życzeniem Shigeru, byłbyś zginął – rzekła łagodnie. – A rodzinie Kikuta i całemu Plemieniu bardzo zależy, żebyś pozostał wśród żywych. W dzisiejszych czasach podobne bogactwo talentów nieczęsto się zdarza.

Chrząknąłem, usiłując dopatrzyć się w jej pochlebstwie ukrytego znaczenia. Nalała mi herbaty, którą wypiłem jednym haustem. W dusznym pokoju rozbolała mnie głowa.

– Jesteś napięty – zauważyła, wyjmując mi z dłoni czarkę i stawiając ją na tacy.

Odsunęła tacę na bok i klęknąwszy za moimi plecami, zaczęła masować mi kark i ramiona. Jej palce były giętkie, silne i wrażliwe zarazem. Przez chwilę rozcierała mi plecy, po czym skupiła się na czaszce. Doznanie było cudowne – niemal jęknąłem z rozkoszy. Jej dłonie zdawały się żyć własnym życiem; poddałem się ich działaniu, mając wrażenie, że moja głowa odrywa się od szyi.

Wtem dobiegło mnie skrzypienie drzwi. Otworzyłem oczy. Wciąż czułem dotyk palców na skórze, ale pokój był pusty. Ciarki przeszły mi po plecach – może żona Kenjiego wyglądała nieszkodliwie, lecz jej moc była równie wielka jak męża i córki.

No i zabrała mi nóż.

Dano mi na imię Minoru, lecz mało kto zwracał się do mnie w ten sposób. Yuki, kiedy byliśmy sami, czasem nazywała mnie Takeo, wymawiając ów dźwięk, jakby otrzymywała dar. Akio ograniczał się do „ty", i to w formie zastrzeżonej dla niższych rangą. Miał do tego prawo – był starszy, górował nade mną wyszkoleniem i wiedzą, mnie zaś kazano się podporządkować. Drażniło mnie to jednak – nie zdawałem sobie sprawy, jak bardzo przywykłem do pełnego szacunku traktowania, należnego wojownikowi Otori, dziedzicowi Shigeru.

Tego samego popołudnia zaczęła się nauka. Nie wiedziałem, że mięśnie rąk mogą tak boleć; prawy nadgarstek, nadwerężony w pierwszej walce z Akio, nieustannie mi dokuczał, a pod koniec dnia zaczął dotkliwie rwać.

Rozpoczęliśmy od ćwiczeń zwiększających giętkość i zwinność palców. Nawet z niewygojoną dłonią Akio przewyższał mnie zręcznością. Siedząc naprzeciwko mnie, raz po raz klepał mnie po wyciągniętych rękach, zanim w ogóle zdołałem drgnąć. Był niezwykle szybki – nie mogłem uwierzyć, że nawet nie widzę jego ruchów. Z początku klepnięcia były lekkie, lecz pod wieczór, gdy moja niezdarność znużyła nas obu, stały się naprawdę mocne.

Yuki, która przyłączyła się do nas, powiedziała cicho:

– Jeśli posiniaczysz mu ręce, będzie to dłużej trwało.

– Może powinienem posiniaczyć mu głowę – mruknął Akio.

Przy następnej próbie, nim zdążyłem odsunąć dłonie, chwycił je prawą ręką, a lewą wymierzył mi siarczysty policzek, tak silny, że łzy stanęły mi w oczach.

– No co? Bez noża nie jesteś już taki śmiały – zadrwił, puszczając mnie.

Yuki się nie odezwała. Poczułem, że krew się we mnie gotuje: niesłychane, pozwolił sobie uderzyć pana Otori! Zamknięcie, celowe zaczepki, obojętność Yuki – wszystko to razem sprawiło, że przestałem nad sobą panować. Gdy Akio zamienił ręce i prawą dłonią zadał mi jeszcze silniejszy cios, od którego odskoczyła mi głowa, oczy zasnuła mi czerń, a potem czerwień. Rzuciłem się na niego.

Wiele lat minęło od owej chwili, gdy jako siedemnastolatek padłem ofiarą furii, która pochwyciła mnie i pozbawiła samokontroli. Choć nie przypominam sobie, co działo się później, nadal pamiętam uczucie wyzwolenia, pamiętam ulgę, z jaką moje zwierzęce „ja" wyrwało się na wolność, ślepą, błogosławioną obojętność na to, czy umrę, czy będę żył, niezgodę na przymus, zastraszanie, kłamstwo.

Po chwili zaskoczenia, w której udało mi się zacisnąć ręce na szyi Akio, obezwładnili mnie bez trudu. Yuki znanym sobie sposobem ucisnęła mi kark, a kiedy zacząłem tracić przytomność, zadała mi niewyobrażalnie mocny cios w brzuch. Zgiąłem się wpół, zebrało mi się na wymioty. Akio wyśliznął się spode mnie i wykręcił mi ręce do tyłu.

Ciężko dysząc, padliśmy na matę, przytuleni niczym kochankowie. Cały incydent trwał niespełna minutę. Nie mogłem uwierzyć, że Yuki tak mocno mnie uderzyła – sądziłem, że jest po mojej stronie, i teraz patrzyłem na nią z urazą w sercu.

– Oto co powinieneś okiełznać – rzekła spokojnie.

Akio puścił mnie i ukląkł, znów gotów do pracy.

– Zaczynamy od nowa.

– Nie bij mnie po twarzy.

– Yuki ma rację, lepiej, żebym nie posiniaczył ci rąk – odparł. – Więc musisz być szybszy.

W duchu przysiągłem sobie, że nie pozwolę, by znowu mnie uderzył. Następnym razem, choć nie zdołałem go dotknąć, zdążyłem zrobić unik. Patrząc nań uważnie, zacząłem dostrzegać drobne zwiastuny poruszeń, aż wreszcie po wielu próbach musnąłem dłonią jego knykcie. Nic nie powiedział, lecz zadowolony kiwnął głową, po czym przeszliśmy do nauki żonglerki.

Mijały godziny – przerzucałem piłeczkę z ręki do ręki, z ręki na matę i znowu do ręki. Pod koniec drugiego dnia potrafiłem już żonglować w starym stylu trzema piłeczkami, pod koniec trzeciego dnia – czterema. Akio czasem jeszcze dopadał mnie znienacka i klepał po twarzy, lecz na ogół w skomplikowanym tańcu piłek i dłoni udawało mi się tego uniknąć.

Pod koniec czwartego dnia widziałem piłeczki, nawet zamknąwszy oczy, ponadto czułem nieopisany niepokój i nudę. Istnieją ludzie – jak sądzę, Akio był jednym z nich – którzy uporczywie doskonalą podobne umiejętności, gdyż obsesyjnie pragną osiągnąć doskonałość. Szybko zorientowałem się, że ja do nich nie należę. Nie widziałem w żonglerce najmniejszego sensu, w ogóle mnie nie interesowała. Uczyłem się jej w sposób najtrudniejszy z możliwych, a także z najmniej właściwego powodu – dlatego, że w przeciwnym razie dostałbym baty. Poddawałem się surowym naukom Akio, bo musiałem, ale nienawidziłem i nauk, i nauczyciela. Jeszcze dwukrotnie jego szyderstwa wywołały u mnie wybuch wściekłości, lecz tak jak ja zacząłem przewidywać jego poruszenia, podobnie Yuki i on umieli już rozpoznać niepokojące oznaki i unieruchamiali mnie, zanim komukolwiek stała się krzywda.

Czwartej nocy, gdy dom już ucichł i wszyscy zasnęli, postanowiłem pójść na wycieczkę. Nudziło mi się, nie mogłem spać, marzyłem, by zaczerpnąć świeżego powietrza, lecz nade wszystko chciałem sprawdzić, czy potrafię to uczynić. Aby nadać jakiś sens posłuszeństwu wobec Plemienia, musiałem najpierw się dowiedzieć, czy umiem być nieposłuszny; wymuszona subordynacja wydawała mi się tak samo absurdalna jak żonglerka. Równie dobrze mogliby trzymać mnie na uwięzi dniem i nocą niczym psa, żebym warczał i gryzł na rozkaz.

Znałem rozkład budynku – często przez wiele godzin nie miałem nic do roboty poza nasłuchiwaniem – wiedziałem także, gdzie kto śpi. Yuki i jej matka zajmowały pokój na tyłach domu razem z dwiema kobietami, których nigdy nie widywałem, choć nieustannie je słyszałem. Jedna – Yuki mówiła do niej „ciociu" – pracowała w sklepie, gdzie głośno żartowała z klientami w miejscowym narzeczu; druga, chyba służąca, sprzątała i przygotowywała większość posiłków. Wstawała pierwsza, kładła się spać ostatnia, mówiła mało i cicho z północnym akcentem. Na imię miała Sadako; wszyscy domownicy beztrosko nią poniewierali i wykorzystywali ją przy każdej okazji,

71

zawsze jednak odpowiadała im spokojnie i pokornie. Choć nie widziałem tych kobiet na oczy, wydawało mi się, że dobrze je znam.

Akio spał na poddaszu nad sklepem z trzema innymi mężczyznami; co noc jeden z nich dołączał do strażników pełniących wartę za domem. Zeszłej nocy dyżur miał Akio, na czym mocno ucierpiałem, gdyż niewyspany był dla mnie przykrzejszy niż zwykle. Przed zgaszeniem lamp któryś z mężczyzn pomagał pokojówce pozamykać na noc drzwi i drewniane okiennice, które zasuwały się z głuchym stukotem, aż zaczynały szczekać psy.

Psy były trzy i każdy miał inny, charakterystyczny głos. Co wieczór karmił je ten sam człowiek, gwiżdżąc na nie przez zęby w szczególny sposób, który ćwiczyłem, kiedy byłem sam, wdzięczny losowi, że nikt poza mną nie posiada daru słuchu Kikuta.

Drzwi wejściowe zabezpieczano sztabami, a przy tylnej bramie wystawiano straże, ale jedne drzwi pozostawały otwarte. Wychodziły na wąskie przejście między domem a murem zewnętrznym, na końcu którego znajdował się ustęp, dokąd eskortowano mnie trzy, cztery razy dziennie. Ponadto kilkakrotnie po zmroku prowadzano mnie przez podwórko na kąpiel w niewielkiej łaźni, położonej za domem przy bramie. Najwyraźniej trzymano mnie w ukryciu – Yuki twierdziła, że dla mego bezpieczeństwa – lecz nikt poważnie się nie obawiał, że ucieknę, więc specjalnie mnie nie pilnowano.

Długo leżałem, nasłuchując odgłosów domostwa. Słyszałem oddechy kobiet w sypialni na dole oraz chrapanie mężczyzn na poddaszu. Za murami stopniowo cichły hałasy miasta. Pogrążałem się w znajomym stanie, którego nie umiałem opisać, lecz który był mi bliski niczym własna skóra. Nie odczuwałem lęku ani podniecenia; mój umysł się wyłączył, cały zamieniłem się w instynkt, instynkt i słuch. Czas się przeobraził, zwolnił. Nieważne, jak długo miałbym otwierać drzwi ukrytego pokoju; wiedziałem, że w końcu to zrobię i że zrobię to bezszelestnie – tak samo, jak bezszelestnie zamierzałem dotrzeć do drzwi zewnętrznych.

Stałem właśnie przy drzwiach, świadom najlżejszego szmeru, gdy usłyszałem kroki. Żona Kenjiego przeszła przez sypialnię, podążając w stronę ukrytego pokoju. Odsunęła drzwi, lecz po kilku sekundach wyszła i szybko, choć bez paniki, ruszyła w moją stronę z lampą w ręku. Przez chwilę chciałem stać się niewidzialny, ale natychmiast uświadomiłem sobie, że to nie ma sensu

– prawie na pewno by mnie zauważyła, gdyby zaś stwierdziła, że mnie nie ma, postawiłaby na nogi cały dom.

Popatrzyłem na nią i bez słowa skinąłem na drzwi prowadzące do ustępu. Wróciłem do ukrytego pokoju, czując na sobie jej wzrok; ona również milczała, odniosłem jednak wrażenie, że domyśla się, co zamierzam.

W mojej celi panował coraz większy zaduch, wiedziałem, że już nie zasnę. Czułem, jak wysoką falą wzbiera we mnie wzmożone, instynktowne życie. Długo nasłuchiwałem oddechu mojej strażniczki, a gdy doszedłem do wniosku, że zasnęła, znów wstałem, ostrożnie uchyliłem drzwi i wymknąłem się na zewnątrz. Lampa wciąż się paliła. Obok niej, z zamkniętymi oczami, siedziała żona Kenjiego.

– Znowu idziesz sikać? – zapytała cicho, unosząc powieki.

Zamarłem.

– Nie mogę spać.

– Siadaj, zrobię ci herbaty.

Płynnym ruchem podniosła się z podłogi – pomimo wieku i tuszy była zręczna jak młoda dziewczyna – i kładąc mi dłoń na ramieniu, łagodnie pchnęła mnie na matę.

– Tylko nie ucieknij! – ostrzegła drwiąco.

Usiadłem odruchowo, choć nie zamierzałem rezygnować z wolności. Usłyszałem syk czajnika na rozdmuchanym żarze, a następnie szczęk żelaza i fajansu. Po chwili żona Kenjiego wróciła z herbatą, uklękła i napełniła czarkę. Pochyliłem się ku niej; między nami miękko jaśniała lampa. Spojrzałem jej głęboko w oczy, w których dojrzałem drwinę oraz rozbawienie; wówczas pojąłem, że w gruncie rzeczy nie wierzy w moje zdolności. Wtem zamrugała, a jej powieki opadły. Zachwiała się. Rzuciłem naczynie, pochwyciłem kobietę, zanim zdążyła upaść, i ułożyłem na podłodze, pogrążoną w głębokim śnie. W migotliwym świetle parowała rozlana herbata.

Powinienem być przerażony, lecz czułem tylko zimną satysfakcję, jaką dają skutecznie użyte talenty Plemienia. Żałowałem, że wcześniej nie wpadłem na ten pomysł, ale nie przyszło mi do głowy, że mogę mieć władzę nad żoną mistrza Muto. Przede wszystkim jednak z ulgą pojąłem, że już nic nie przeszkodzi mi wydostać się na zewnątrz.

Kiedy wymknąłem się przez boczne wyjście na podwórko, usłyszałem, że psy się ożywiły. Zagwizdałem na nie bezgłośnie, wysokim tonem, który słyszałem tylko ja i one. Jeden, ciekaw, co się dzieje, podszedł do mnie, merdając ogonem. Tak jak wszystkie psy, wyraźnie darzył mnie sympatią; położył łeb na mojej wyciągniętej dłoni, a jego oczy zalśniły żółto w nikłym świetle zachodzącego księżyca. Przez chwilę patrzyliśmy na siebie, potem pies ziewnął, ukazując duże białe zęby, i ułożył się do snu u moich stóp.

W mojej czaszce dokuczliwie brzęczała myśl: Pies to pies, a żona mistrza Muto to całkiem co innego – ale nie miałem ochoty się w to wgłębiać. Przykucnąłem, gładząc psa, i spojrzałem na mur zewnętrzny.

Oczywiście, nie miałem narzędzi ani broni, a szeroki okap dachu nad murem opadał pod takim kątem, że nie było mowy, aby go pokonać bez haków. W końcu postanowiłem wejść na dach łaźni, skąd jakoś przeskoczyłem na szczyt muru i natychmiast przybrałem niewidzialną postać.

Odczołgałem się jak najdalej od wartowni przy tylnej bramie i tuż za rogiem zeskoczyłem na ulicę. Przystanąłem. Wartownicy rozmawiali cicho, ale psy spały – wydawało się wręcz, że śpi całe miasto.

Zygzakiem, tak jak owej nocy, gdy wszedłem na zamek Yamagata, dotarłem wreszcie nad rzekę.

Te same wierzby, spowite w poświatę zachodzącego księżyca, kołysały się na brzegu w podmuchach ciepłego jesiennego wiatru, roniąc na wodę pojedyncze pożółkłe liście.

Przykucnąłem w ich cieniu. Nie miałem pojęcia, kto teraz rządzi miastem: pan, którego niegdyś odwiedziłem, poplecznik Iidy, został obalony, gdy na wieść o śmierci Shigeru w mieście wybuchły zamieszki, lecz Arai zapewne mianował jakiegoś tymczasowego zarządcę. Nie słyszałem żadnych patroli. Wpatrywałem się w zamek, usiłując dostrzec, czy głowy Ukrytych, którym pomogłem znaleźć w śmierci ucieczkę od tortur, nadal wiszą na jego murach. Z trudem dowierzałem własnym wspomnieniom – miałem wrażenie, że to wszystko mi się przyśniło lub że historia ta opowiada o kimś innym.

Rozmyślałem o tamtej nocy, o tym, jak przepłynąłem rzekę pod wodą, gdy nagle usłyszałem, że brzegiem ktoś się zbliża. Kroki, stłumione przez rozmiękły grunt, były tuż-tuż. Wiedziałem, że powinienem odejść – zaciekawiło mnie jednak, kto przychodzi nad rzekę o tej porze nocy. I tak mnie nie zobaczy, pomyślałem.

W ciemności dostrzegłem jedynie, że nieznajomy jest drobnym mężczyzną niskiego wzrostu.

Rozejrzał się ukradkiem, po czym klęknął na brzegu, jakby się modlił. Wiatr wiejący od rzeki razem z zapachem wody i błota przyniósł mi jego woń.

Skądś ją znałem; kilka razy pociągnąłem nosem niczym pies, próbując ją umiejscowić. Po chwili przypomniałem sobie – to był zapach garbarni. Ten człowiek zajmował się obróbką skór, a zatem musiał być niedotykalnym. Zrozumiałem, kogo mam przed sobą: to on rozmawiał ze mną po wyjściu z zamku, to jego brat był jednym z udręczonych Ukrytych, którym zdołałem przynieść wyzwolenie. Na brzegu rzeki ukazałem mu wówczas swoje drugie ja, on zaś doszedł do wniosku, że ma przed sobą anioła, i rozgłosił tę wieść po całej Yamagacie. Nietrudno było odgadnąć, dlaczego przyszedł się tutaj pomodlić. Pewnie należał do Ukrytych i miał nadzieję, że anioł znowu się pojawi. Pamiętałem, że gdy zobaczyłem go po raz pierwszy, uznałem, iż powinienem go zabić, lecz nie potrafiłem się na to zdobyć. Obecnie patrzyłem nań z życzliwą troską, jaką żywimy dla kogoś, komu darowaliśmy życie.

Poczułem coś jeszcze – ukłucie smutku i żalu za pewnikami dzieciństwa, za słowami i obrzędami, które przynosiły mi pocieszenie, które wydawały się wieczne i niezmienne niczym pory roku albo obroty księżyca i gwiazd na niebie. Shigeru, ratując mnie w Mino, wyrwał mnie z życia wśród Ukrytych. Od tamtej pory taiłem swoje pochodzenie, nigdy nikomu o nim nie mówiąc, nigdy nie modląc się publicznie. Czasem jednak, tak jak nakazywała mi wiara dzieciństwa, modliłem się nocami do tajemnego boga, którego czciła moja matka. A teraz zapragnąłem podejść do tego mężczyzny i porozmawiać z nim.

Jako Otori, a także jako członek Plemienia powinienem był zignorować garbarza – ludzie ci zabijają zwierzęta i uważani są za nieczystych – choć Ukryci wierzą, że tajemny bóg stworzył wszystkich równymi, przynajmniej tak uczyła mnie matka. Resztki ostrożności kazały mi pozostać w kryjówce pod wierzbami, ale na dźwięk szeptanej modlitwy mój język jął mimowolnie powtarzać jej słowa.

Byłbym zostawił go i odszedł – nie jestem kompletnym głupcem, choć owej nocy tak się zachowywałem – gdyby nie zbliżające się męskie głosy. Nadchodziły straże, zapewne ludzie Araiego, lecz nie miałem jak się o tym przekonać.

– Patrz, znowu ten lunatyk – powiedział jeden z nich, zatrzymując się na moście. – Rzygać mi się chce, kiedy go co noc oglądam.

Mówił z miejscowym akcentem; drugi mężczyzna chyba pochodził z Zachodu.

– Spuśćmy mu lanie, to przestanie przychodzić.

– Już próbowaliśmy, ale to na nic.

– Ach tak? Chce znowu oberwać?

– Chodź, zamkniemy go na parę dni.

– Po prostu wrzućmy go do rzeki.

Wybuchnęli śmiechem. Ich kroki stały się szybsze i głośniejsze, po czym nieco przycichły za rzędem nadbrzeżnych domów. Nadal znajdowali się dość daleko; mężczyzna nad rzeką nic nie słyszał, nie zamierzałem jednak stać i czekać, aż strażnicy wrzucą do rzeki mego człowieka. Mego człowieka – on już do mnie należał.

Wymknąłem się spod gałęzi wierzby i klepnąłem go w ramię. Odwrócił się, zdziwiony.

– Szybko, kryj się! – syknąłem.

Rozpoznał mnie natychmiast i jęknąwszy ze zdumienia, rzucił mi się do nóg, bełkocąc modlitwę. W oddali słyszałem patrol zbliżający się nadrzeczną ulicą. Potrząsnąłem nieznajomym, przyłożyłem palec do ust i usiłując nie patrzeć mu w oczy, odciągnąłem go pod osłonę drzew.

Powinienem go zostawić, pomyślałem, wówczas mógłbym stać się niewidzialny i umknąć strażom. Lecz żołnierze już skręcili za róg; zdałem sobie sprawę, że jest za późno.

Podmuch wiatru zmarszczył wodę, wierzbowe listki zadrżały. Gdzieś daleko zapiał kogut i ozwał się świątynny dzwon.

– Zniknął! – zabrzmiał okrzyk niespełna dziesięć kroków od nas.

Drugi strażnik zaklął:

– Parszywe wyrzutki.

– Jak myślisz, kto jest gorszy, Ukryci czy wyrzutki?

– Niektórzy są jednym i drugim! Ci są najgorsi!

Dobiegł mnie świst dobywanego miecza; żołnierz z rozmachem ciął kępę trzcin, a potem samą wierzbę. Człowiek obok mnie zesztywniał i zadygotał, ale nie wydał głosu. Odór garbowanej skóry jeszcze się wzmógł; byłem pewien, że strażnicy muszą go poczuć, lecz chyba stłumiła go płynąca od wody woń zgnilizny.

Zastanawiałem się, czy nie odciągnąć ich uwagi od wyrzutka, rozdwajając się i jakoś ich zwodząc, gdy nagle obudziła się para śpiących w trzcinach kaczek. Ptaki wzbiły się w powietrze, nocną ciszę rozdarło głośne kwakanie i plusk wody. Zaskoczeni żołnierze krzyknęli, po czym zaczęli szydzić z siebie nawzajem; kpili i narzekali, kilka razy nawet rzucili kamieniami w kaczki, lecz potem oddalili się w kierunku przeciwnym niż ten, z którego przyszli. Przez jakiś czas ich kroki dudniły na pustych ulicach, aż stopniowo ucichły i nawet ja nic już nie słyszałem.

– Co tu robisz o tej nocnej porze? – karcąco zwróciłem się do mężczyzny. – Gdyby cię znaleźli, wylądowałbyś w rzece!

Znowu przywarł czołem do mych stóp.

– Wyprostuj się – rozkazałem. – Mów.

Usiadł na piętach, niepewnie zerknął na moją twarz i natychmiast spuścił wzrok.

– Przychodzę tu co noc, kiedy tylko mogę – wymamrotał. – Modliłem się do boga, żeby mi pozwolił jeszcze raz cię zobaczyć. Nigdy nie zapomnę, co zrobiłeś dla mojego brata i dla nich wszystkich... – urwał, po czym wyszeptał: – Myślałem, że jesteś aniołem, ale ludzie mówią, że jesteś synem pana Otori i że zabiłeś pana Iidę, by pomścić śmierć ojca. Teraz mamy nowego pana, Araiego Daiichi z Kumamoto. Jego ludzie wszędzie cię szukają, pomyślałem więc sobie, że wciąż jesteś w mieście, i przyszedłem tu dzisiaj z nadzieją, że cię spotkam. Nieważne, jaką postać przybierzesz; musisz być aniołem, skoro zrobiłeś to, co zrobiłeś.

Wstrząsnęła mną moja własna historia w ustach tego człowieka. Uświadomiłem sobie, w jakim znalazłem się niebezpieczeństwie.

– Wracaj do domu. Nie mów nikomu, że mnie widziałeś – powiedziałem, zbierając się do odejścia.

Lecz on najwyraźniej mnie nie słyszał. Ogarnęło go coś w rodzaju uniesienia: oczy mu błyszczały, na wargach lśniły bryzgi śliny.

– Zostań, panie – tchnął błagalnie. – Co noc przynoszę w ofierze jedzenie, jedzenie i wino. Podzielimy się, a potem mnie pobłogosławisz i umrę szczęśliwy.

Wyjął zza pazuchy zawiniątko i rozłożywszy poczęstunek na ziemi, wyszeptał słowa pierwszej modlitwy Ukrytych. Na dźwięk znajomych słów poczułem mrowienie na karku; kiedy skończył, cicho zmówiłem drugą modlitwę. Razem nakreśliliśmy znak i zaczęliśmy jeść.

Posiłek był żałośnie ubogi – podpłomyk z prosa ze strzępkiem skóry wędzonej ryby – lecz kryły się w nim wszystkie rytuały mojego dzieciństwa. Niedotykalny wyjął niewielką flaszkę i nalał do drewnianej czarki alkohol własnego wyrobu, znacznie mocniejszy niż wino. Wypiliśmy tylko łyk, jednak zapach trunku przypomniał mi dom.

Niemal poczułem obecność matki. W oczach stanęły mi łzy.

– Jesteś kapłanem? – szepnąłem, ciekaw, jak zdołał uniknąć prześladowań Tohańczyków.

– Kapłanem był mój brat. Ten, którego miłosiernie wyzwoliłeś. Od kiedy umarł, robię dla naszego ludu, co tylko mogę – dla tej garstki, która została.

– Wielu zginęło pod rządami Iidy?

– Na Wschodzie setki. Moi rodzice dawno temu uciekli tutaj, do Yamagaty. Za rządów Otori żyliśmy w spokoju, ale przez te ostatnie dziesięć lat, które minęły od Yaegahary, nikt nie czuł się bezpieczny. Teraz mamy nowego władcę, pana Araiego, i nie wiadomo, co on zamierza. Powiadają, że ma inne ryby na haczyku; powiadają, że zajmie się Plemieniem, a nas zostawi w spokoju. – Ściszył głos, jakby samo wymówienie nazwy Plemienia mogło ściągnąć nań karę. – I słusznie, w końcu to mordercy i zabójcy, a nasi ludzie są nieszkodliwi, nam nie wolno zabijać. – Spojrzał na mnie przepraszająco. – Rzecz jasna, ty, panie, to co innego.

Gdyby tylko wiedział, jak bardzo „czym innym" się stałem, jak daleko odszedłem od matczynych nauk! W mieście zaszczekały psy, koguty obwieściły nadejście dnia. Musiałem iść, ale czyniłem to niechętnie.

– Nie boisz się?

– Często wręcz umieram ze strachu. Nie mam daru odwagi. Ale moje życie jest w ręku boga. Ma wobec mnie jakiś plan. W końcu zesłał nam ciebie.

– Nie jestem aniołem.

– A skąd jakiś Otori znałby naszą modlitwę? – odrzekł. – Kto oprócz anioła spożyłby posiłek z kimś takim jak ja?

Wiedziałem, że wiele ryzykuję, ale mimo to powiedziałem:

– Pan Shigeru uratował mnie z rąk Iidy w Mino.

Nie musiałem mówić nic więcej. Milczał przez chwilę, jakby zdjęty grozą.

– W Mino? – wyszeptał w końcu. – Myśleliśmy, że nikt tam nie ocalał. Zaiste, dziwne są wyroki boskie! Oszczędzono cię w jakimś wielkim celu! Jeżeli nawet nie jesteś aniołem, to zostałeś wybrany przez Tajemnego!

Pokręciłem głową.

– Jestem najnędzniejszym z ludzi. Moje życie nie należy już do mnie. Los, który rozdzielił mnie z moim ludem, teraz oddala mnie od Otori. – Nie przyznałem się jednak, że zostałem członkiem Plemienia.

– Potrzebujesz pomocy? – zapytał. – Zawsze ci jej udzielimy, wystarczy, że przyjdziesz do nas na most wyrzutków.

– Gdzie to jest?

– Tam gdzie garbujemy skóry, między Yamagatą i Tsuwano. Pytaj o Jo-Ana.

Zmówił trzecią modlitwę dziękczynną za jadło.

– Muszę iść – oznajmiłem.

– Ale pobłogosławisz mnie, panie?

Położyłem prawą dłoń na jego głowie i zacząłem szeptać modlitwę, którą tylekroć słyszałem od matki. Czułem się nieswojo, świadom, że nie mam prawa wymawiać tych słów, które z taką łatwością spływały mi z języka. Jo-An chwycił mnie za rękę, po czym przyłożył moje palce do swego czoła i ust. Zdałem sobie sprawę, jak bardzo mi ufa. Puścił mnie wreszcie i skłonił się do ziemi; gdy podniósł głowę, byłem już po drugiej stronie ulicy. Niebo pobladło, przed świtem zrobiło się chłodniej.

Przemykałem się od bramy do bramy. Zabrzmiał dzwon w świątyni, miasto z wolna budziło się ze snu, zdejmowano pierwsze okiennice, ulice zapachniały dymem z kuchennych palenisk. Zbyt długo zabawiłem z Jo-Anem. Mimo że nie użyłem swego drugiego ja, czułem się rozdarty na pół, jakbym prawdziwego siebie zostawił pod wierzbą, owo zaś ja, które wracało do Plemienia, było zaledwie pustą skorupą.

Gdy dotarłem do domu Muto, uporczywa obawa, przez całą noc spychana na bok, ujawniła się z całą jaskrawością: w jaki sposób miałem pokonać okap muru od strony ulicy? Biały tynk i szare dachówki błyszczały w świetle świtu, jakby drwiąc sobie ze mnie. Przykucnąłem pod osłoną domu naprzeciwko i głęboko pożałowałem swego głupiego, pochopnego postępku. Wewnętrzne skupienie i koncentracja gdzieś przepadły – słuch pozostał ostry jak zwykle, ale nie czułem już poprzedniej, instynktownej pewności siebie.

Nie mogłem tu zostać; z oddali dobiegł mnie tupot butów oraz tętent kopyt. Zbliżał się oddział zbrojnych, wydało mi się, że odróżniam akcent z Zachodu, typowy dla ludzi Araiego. Wiedziałem, że kiedy mnie znajdą, skończy się moje życie w Plemieniu – że moje życie w ogóle się skończy, jeżeli Arai jest choć w połowie tak obrażony, jak powiadano.

Nie pozostawało mi nic innego, jak błagać, by otwarto mi bramę, lecz gdy ruszyłem przez ulicę, za murem rozległy się głosy. Akio zawołał cicho do strażników, po chwili stuknął rygiel i ciężkie skrzydło uchyliło się ze skrzypieniem.

Zza rogu wyłonił się patrol. Stałem się niewidzialny, podbiegłem do bramy i wśliznąłem się do środka.

Strażnicy mnie nie dostrzegli, ale Akio – owszem, tak samo jak w Inuyamie, gdy Plemię pierwszy raz mnie pojmało, on zaś uprzedzał każdy mój ruch. Teraz również zastąpił mi drogę i pochwycił za ramiona.

Byłem przygotowany na razy, które, jak sądziłem, musiały nastąpić, lecz Akio, nie tracąc czasu, pociągnął mnie ku domowi.

Patrol przyspieszył, konie zbliżały się kłusem. Potknąłem się o psa, który zaskomlał przez sen.

– Dzień dobry! – pozdrowili jeźdźcy strażników przy bramie.

– Co tam macie? – zapytał jeden z tych ostatnich.

– Nie twój interes!

Akio pośpiesznie wciągnął mnie do budynku, zdążyłem jednak się obejrzeć; w wąskim przejściu między łaźnią a murem ujrzałem otwartą bramę oraz fragment ulicy.

Za konnymi biegli dwaj piesi żołnierze, którzy wlekli za sobą jeńca. Nie widziałem go dobrze, lecz usłyszałem jego głos – jego modlitwę. Był to mój niedotykalny, Jo-An.

Zapewne bezwiednie rzuciłem się z powrotem do wyjścia, gdyż Akio pociągnął mnie z taką siłą, że niemal zwichnął mi bark, po czym błyskawicznie uderzył mnie w kark. Cios był skuteczny – otoczenie zawirowało mi przed oczyma. Akio, nadal bez słowa, pchnął mnie do głównej sali. Pokojówka zamiatająca matę nie zwróciła na nas najmniejszej uwagi.

Odsunąwszy drzwi ukrytego pomieszczenia, Akio rzucił mnie do środka i zawołał z kuchni żonę Kenjiego, a gdy się zjawiła, zamknął drzwi.

Miała bladą twarz i podpuchnięte oczy, jakby wciąż walczyła ze snem. Poczułem jej furię, jeszcze zanim zdążyła się odezwać.

– Ty bękarcie! – syknęła, dwukrotnie mnie policzkując. – Ty półkrwi idioto! Jak śmiałeś mi to zrobić!

Akio pchnął mnie na podłogę, wykręcając mi ręce do tyłu. Pochyliłem pokornie głowę. Tłumaczenia nie miały sensu.

– Kenji ostrzegał mnie, że będziesz próbował wyjść. Dlaczego to zrobiłeś? – ciągnęła, a gdy nadal milczałem, uklękła i szarpnęła mnie za włosy, by zobaczyć moją twarz. – Odpowiadaj! Czyś oszalał?

– Chciałem zobaczyć, czy potrafię.

Westchnęła zniecierpliwiona, zupełnie jak jej mąż.

– Nie lubię przebywać w zamknięciu – dodałem.

– To szaleństwo – rzekł gniewnie Akio. – On stanowi zagrożenie dla nas wszystkich. Powinniśmy...

– Decyzję może podjąć tylko mistrz Kikuta – przerwała mu obcesowo. – Do tego czasu musimy strzec jego życia i pilnować, żeby nie wpadł w ręce Araiego. – Znów palnęła mnie w ucho, choć już nie tak mocno jak przedtem. – Widział cię ktoś?

– Nikt. Tylko niedotykalny.

– Jaki niedotykalny?

– Garbarz. Jo-An.

– Jo-An? Ten wariat? Ten, który widział anioła? – Odetchnęła głęboko. – Nie chcesz chyba powiedzieć, że cię rozpoznał?!

– Rozmawialiśmy trochę – przyznałem.

– Ludzie Araiego już go mają – wtrącił Akio.

– Mam nadzieję, że pojmujesz, jakim jesteś głupcem! – warknęła żona Kenjiego.

Znów skłoniłem głowę. Myślałem o Jo-Anie, ze wszystkich sił żałując, że nie odprowadziłem go do domu – jeśli w ogóle miał w Yamagacie jakiś dom. Zastanawiałem się, czy zdołałbym go uratować, pytając w duchu boga, jaki cel wyznaczył mu w tej chwili. Często się boję, mówił, jestem przerażony. Serce ścisnęło mi się z żałości i wstydu.

– Akio, idź i wybadaj, co ten wyrzutek im powiedział – poleciła żona Kenjiego.

– Nie zdradzi mnie – mruknąłem.

– Na torturach wszyscy zdradzają – rzekł Akio cierpko.

– Trzeba przyspieszyć twój wyjazd – ciągnęła kobieta. – Być może już dzisiaj opuścisz miasto.

Wyczułem, że Akio, który wciąż wykręcał mi ręce do tyłu, kiwa potakująco głową.

– Mam go ukarać?

– Nie, musi być gotów do podróży. Poza tym, jak powinieneś już wiedzieć, kary fizyczne nie robią na nim wrażenia. Ale za to dopilnuj, by dokładnie się dowiedział, co musiał wycierpieć wyrzutek. Ma twardą głowę, ale miękkie serce.

– Mistrzowie twierdzą, że to jego największa słabość.

– Owszem, gdyby nie ona, mielibyśmy następcę Shintaro.

– Miękkie serca można utwardzić – zauważył Akio.

– Cóż, wy, Kikuta, najlepiej wiecie, jak to się robi.

Klęczałem na podłodze, oni zaś rozmawiali o mnie, jakbym był czymś w rodzaju towaru, na przykład beczką wina, które mogło okazać się znakomite albo wręcz przeciwnie, skwaśniałe i bezwartościowe.

– Co teraz? – zapytał Akio. – Związać go do wyjazdu?

Kobieta zwróciła się do mnie:

– Kenji mówił, że przyłączyłeś się do nas z własnego wyboru. Skoro tak, to dlaczego próbowałeś uciec?

– Przecież wróciłem.

– Spróbujesz znowu?

– Nie.

– I pójdziesz do Matsue z kuglarzami, w żaden sposób nie narażając ani ich, ani siebie?

– Tak.

Pomyślała chwilę, po czym mimo wszystko kazała Akio mnie związać. Następnie oboje odeszli, aby zająć się przygotowaniami do wyjazdu. Niebawem pokojówka przyniosła jedzenie oraz herbatę i bez słowa pomogła mi spożyć posiłek. Kiedy zabrała miseczki, nikt już do mnie nie zaglądał. Słuchałem odgłosów domu i wydawało mi się, że rozróżniam szorstki, okrutny ton, którym podszyta była jego codzienna pieśń. Ogarnęło mnie ogromne znużenie; wczołgałem się na materac, ułożyłem jak najwygodniej, beznadziejnie pomyślałem o Jo--Anie i o własnej głupocie, aż wreszcie zasnąłem.

Obudziłem się nagle. Serce waliło mi mocno, w ustach czułem suchość. Miałem koszmar – straszny sen o wyrzutku. W tym śnie daleki głos, cichy i uporczywy niczym brzęczenie komara, szeptał okropieństwa zrozumiałe tylko dla mnie.

Akio musiał przytknąć usta do ściany na zewnątrz pokoju, gdyż wyraźnie słyszałem każdy szczegół tortur, jakich Jo-An doznał z rąk ludzi Araiego. Monotonna, powolna relacja zdawała się trwać bez końca; wstrząsały mną dreszcze, miałem skurcze żołądka. Od czasu do czasu Akio milkł na dłuższy czas i z ulgą myślałem, że to już koniec, lecz później znów zaczynał mówić.

Nie mogłem nawet zatkać uszu palcami. Nie było ucieczki. Żona Kenjiego miała rację – to była najgorsza kara, jaką mogła mi wymierzyć. Ze wszystkich sił wyrzucałem sobie, że ujrzawszy wyrzutka na brzegu rzeki, od razu go nie zabiłem. Moją rękę powstrzymała litość – ze straszliwym skutkiem. Ja zadałbym Jo-Anowi szybką i miłosier-

ną śmierć; teraz z mojego powodu cierpiał niewy-
słowione męki.

Głos Akio wreszcie ucichł i zza drzwi dobiegł
mnie dźwięk kroków Yuki. Weszła do pokoju, niosąc miskę, nożyczki i brzytwę; tuż za nią podążała
pokojówka Sadako z naręczem ubrań, które położyła na podłodze, po czym wycofała się w milczeniu. Usłyszałem, jak mówi do Akio, że południo-
wy posiłek jest gotowy, jak ten wstaje i podąża za
nią do kuchni. Po domu rozniosła się woń jedzenia, ja jednak utraciłem apetyt.

– Trzeba cię ostrzyc – rzekła Yuki.

Nadal czesałem się jak wojownik, zgodnie z za-
leceniami Ichiro, mego nauczyciela w domu Shigeru, w stylu powściągliwym, lecz niepodobnym
do żadnego innego, z odsłoniętym czołem i włosami związanymi w ciasny węzeł na czubku głowy.
Nie strzygłem się od kilku tygodni, nie goliłem też
twarzy, choć mój zarost był bardzo skąpy.

Yuki rozwiązała mi ręce i nogi, po czym kazała
mi usiąść tyłem do siebie.

– Ależ z ciebie dureń – zagaiła, szczękając
nożyczkami.

Nie odzywałem się. Wiedziałem, że ma rację,
lecz równocześnie byłem świadom, że gdybym
mógł, znów postąpiłbym tak samo.

– Matka okropnie się gniewa. Nie wiem, co bardziej ją zaskoczyło: to, że ją uśpiłeś, czy że ośmieliłeś się to zrobić – ciągnęła, zasypując mnie kosmykami włosów. – Ale jednocześnie jest bardzo pobudzona. Mówi, że przypominasz jej Shintaro, kiedy był w twoim wieku.

– Znała go?

– Wyznam ci sekret: płonęła z miłości do niego. Byłaby za niego wyszła, lecz Plemię miało wobec niego inne plany, więc w zastępstwie poślubiła mojego ojca. Pewnie i tak by nie zniosła, żeby ktoś miał nad nią taką władzę. Shintaro był mistrzem snu Kikuta i nikt nie potrafił mu się oprzeć.

Yuki ożywiła się, była bardziej rozmowna niż zazwyczaj. Gdy zimna stal nożyc dotykała mojej głowy, czułem, że jej dłonie lekko drżą. Wspomniałem liczne dziewczyny, z którymi sypiał Kenji, i lekceważenie, z jakim wypowiadał się o żonie. Jego małżeństwo, jak większość innych, także zostało zaaranżowane przez rodzinę.

– Gdyby wyszła za Shintaro, byłabym kim innym – zadumała się Yuki. – Sądzę, że w głębi serca nigdy nie przestała go kochać.

– Chociaż był zabójcą?

– Nie był zabójcą! Nie bardziej niż ty!

Coś w jej głosie ostrzegło mnie, że rozmowa zbacza na niebezpieczny tor. Yuki naprawdę mi się podobała, wiedziałem, że jej także na mnie zależy, ale nie czułem do niej tego, co do Kaede. Nie chciałem rozmawiać z nią o miłości.

– Sądziłem, że tylko Kikuta potrafią usypiać – rzekłem, usiłując zmienić temat. – A Shintaro pochodził z rodziny Kuroda, prawda?

– Ze strony ojca. Jego matka była Kikuta. Shintaro i twój ojciec byli ciotecznymi braćmi.

Zmroziła mnie myśl, że człowiek, którego pomogłem zabić, którego podobno przypominałem, był moim krewnym.

– Co właściwie stało się owej nocy, gdy zginął Shintaro? – zapytała Yuki ciekawie.

– Usłyszałem, że ktoś wchodzi po ścianie domu; z powodu upału okno na piętrze było otwarte. Pan Shigeru chciał wziąć intruza żywcem, lecz gdy go pochwycił, wszyscy trzej spadliśmy do ogrodu. Napastnik uderzył głową o kamień, ale wydaje mi się, że przedtem zdążył zażyć truciznę, w każdym razie zmarł, nie odzyskawszy przytomności. Twój ojciec potwierdził, że to Kuroda Shintaro – później dowiedzieliśmy się, że wynajęli go stryjowie pana Shigeru.

– To nadzwyczajne – rzekła Yuki – że mieszkałeś u Shigeru i nikt nie podejrzewał, kim jesteś.

Być może poruszony wspomnieniem, odpowiedziałem otwarcie i nierozważnie:

– Nic w tym nadzwyczajnego. Shigeru uratował mnie w Mino, bo właśnie mnie szukał; słyszał już o moim istnieniu i wiedział, że mój ojciec był skrytobójcą.

Shigeru wyznał mi to podczas naszej rozmowy w Tsuwano; zapytany, czy dlatego chciał mnie odnaleźć, odparł, że był to główny powód, ale nie jedyny. Nie wyjawił mi innych powodów i już nigdy nie miałem ich poznać.

Dłonie Yuki znieruchomiały.

– I mój ojciec nie miał o tym pojęcia?

– Nie. Shigeru dał mu do zrozumienia, że działał pod wpływem odruchu, że zupełnie przypadkowo ocalił mi życie i zabrał mnie do Hagi.

– Chyba nie mówisz poważnie?

Zbyt późno zauważyłem napięcie w jej głosie.

– Jakie to ma teraz znaczenie? – rzekłem wymijająco.

– Skąd pan Otori mógł wiedzieć o czymś, czego nie podejrzewało nawet Plemię? Co jeszcze od niego usłyszałeś?

– Wiele rzeczy – mruknąłem zniecierpliwiony. – Razem z Ichiro nauczyli mnie niemal wszystkiego.

– O Plemieniu?

Pokręciłem głową, jakby nie rozumiejąc.

– Nie. O Plemieniu wiem tylko to, co przekazał mi twój ojciec i co sam zauważyłem.

Popatrzyła na mnie. Unikałem jej wzroku.

– Musisz się jeszcze wiele nauczyć – westchnęła w końcu. – W drodze pokażę ci kilka sztuczek. – Przeciągnęła dłonią po mojej krótkiej czuprynie, po czym wstała jednym ruchem, zwinna jak jej matka. – Przebierz się, a ja przyniosę coś do jedzenia.

– Nie jestem głodny – odparłem, podnosząc ubranie.

Strój, ongiś barwny i jaskrawy, wyblakł do zgaszonego oranżu i brązu. Ciekaw byłem, kto go nosił przede mną i co spotkało go w drodze.

– Przed nami wiele godzin podróży – rzekła dobitnie Yuki. – Być może dzisiaj nie zdążymy już nic zjeść. Będziesz robił to, co ci każemy, choćbyś miał zaparzyć brud zza paznokci i wypić napar! Więc kiedy mówię, że masz jeść, to będziesz jadł i tylko jadł, rozumiesz? My nauczyliśmy się posłuszeństwa w dzieciństwie, ty musisz poznać je teraz.

Chciałem zapytać, czy wtedy, w Inuyamie, także była posłuszna, gdy przyniosła mi Jato, miecz Shigeru, lecz uznałem, że mądrzej będzie zmilczeć. Przebrałem się w strój kuglarza, a gdy Yuki wróciła, zjadłem posiłek bez dalszych pytań.

Przyglądała mi się bez słowa, dopóki jadłem, po czym powiedziała:

– Wyrzutek nie żyje.

Chcieli, bym utwardził swe serce. Nie patrzyłem na nią; nadal milczałem.

– Nic o tobie nie powiedział – ciągnęła. – Skąd u niedotykalnego tyle odwagi? Nie miał trucizny, żeby się wyzwolić. A jednak nie zdradził.

W duchu podziękowałem Jo-Anowi, podziękowałem Ukrytym, którzy zabierali swoje tajemnice... dokąd? Do Raju? Do innego życia? W ciszę ognia, do cichego grobu? Pragnąłem pomodlić się za niego, tak jak to czynił mój lud, lub zapalić świece i kadzidło, jak Ichiro i Chiyo uczyli mnie w domu Shigeru w Hagi. Wyobraziłem sobie Jo-Ana idącego samotnie w ciemnościach. Co poczną bez niego jego bliscy?

– Modlicie się do kogoś? – zapytałem.

– Oczywiście – odparła Yuki zdumiona.

– Do kogo?

– Do Oświeconego we wszystkich jego postaciach; do starych bogów gór, lasów i rzek. Rano złożyłam ryż i kwiaty w kaplicy na moście, aby prosić o szczęśliwą podróż. Cieszę się, że w końcu wyjeżdżamy – dziś jest dobry dzień, wszystkie znaki są korzystne. – Spojrzała na mnie z zastanowieniem i pokręciła głową. – Nie powinieneś pytać o takie rzeczy. To dość... dziwne. Nikt inny by o to nie pytał.

– Nikt inny nie przeżył tego co ja.

– Teraz należysz do Plemienia. Spróbuj zachowywać się odpowiednio.

Wyjęła z rękawa niewielką torbę i podała mi.

– Masz, Akio prosił, żeby ci to dać.

Pomacałem sakiewkę, po czym otworzyłem i wysypałem zawartość. Po macie potoczyło się pięć gładkich, twardych piłeczek – i choć nie znosiłem żonglerki, nie mogłem się powstrzymać, by ich nie podnieść. Wstałem, trzymając w jednej ręce dwie, a w drugiej trzy. Ich dotyk oraz kuglarski strój w jednej chwili przeobraziły mnie w kogoś innego.

– Nazywasz się Minoru – powiedziała Yuki. – Przedmioty te dostałeś od ojca; Akio jest twoim bratem, a ja siostrą.

– Nie jesteśmy zbyt podobni do siebie – rzekłem, podrzucając piłeczki.

– Ale się upodobnimy – odparła. – Mój ojciec mówił, że potrafisz zmieniać rysy twarzy.

– A co się stało z naszym ojcem?

Piłeczki krążyły w dół i w górę, tam i z powrotem. Koło, fontanna…

– Nie żyje.

– Wygodnie.

Zignorowała zaczepkę.

– Idziemy do Matsue na jesienne święto, co zajmie nam pięć do sześciu dni, zależnie od pogody. Arai nadal chce cię odnaleźć, choć oficjalnie poszukiwania są odwołane, przynajmniej tutaj. Już wyjechał do Inuyamy, my zaś udajemy się w przeciwnym kierunku. Mamy domy, w których możemy bezpiecznie nocować, ale droga jest bezpańska, więc jeśli napotkamy patrol, będziesz musiał udowodnić, kim jesteś.

Upuściłem piłeczkę i schyliłem się, by ją podnieść.

– Nie wolno ci się pomylić – pouczyła Yuki. – Nikomu w twoim wieku by się to nie zdarzyło. Ojciec mówił, że świetnie naśladujesz różne osoby. Nie ściągnij na nas nieszczęścia.

Wyszliśmy tylnymi drzwiami, żegnani przez żonę Kenjiego.

– Mam co prawda nadzieję, że się kiedyś spotkamy – rzekła, poprawiając mi włosy oraz ubranie – lecz zważywszy na twoją lekkomyślność, niezbyt to prawdopodobne.

Skłoniłem się bez słowa. Na podwórku czekał już Akio z wózkiem podobnym do tego, w jakim uwięziono mnie w Inuyamie. Na rozkaz wszedłem do środka, moszcząc sobie legowisko wśród kostiumów i rekwizytów. Yuki oddała mi nóż; z radością ukryłem go pod ubraniem. Akio podniósł dyszle wózka i ruszyliśmy z miejsca.

Jechałem, kołysząc się w półmroku, nasłuchując dźwięków miasta i rozmów aktorów. Rozpoznałem głos drugiej dziewczyny z Inuyamy, imieniem Keiko, był z nami również inny mężczyzna, którego słyszałem w domu, ale dotychczas go nie widziałem.

Gdy ostatnie domy zostały daleko za nami, Akio zatrzymał się, otworzył burtę wózka i kazał mi wysiąść. Minęła już połowa godziny kozy, lecz mimo nastania jesieni wciąż panowała ciepła pogoda. Ciało Akio lśniło od potu; pchając wózek, rozebrał się prawie do naga i zobaczyłem, jaki jest silny – wyższy ode mnie i znacznie lepiej umięśniony. Podszedł do przydrożnego strumienia, napił się, po czym ochlapał sobie twarz i głowę.

Yuki, Keiko oraz starszy mężczyzna przykucnęli na poboczu. Nigdy bym ich nie poznał; przeobrazili się w trupę aktorów, z trudem zarabiających na życie jeżdżeniem od miasta do miasta, egzystujących dzięki sprytowi i talentowi, w nieustannym zawieszeniu między głodem i przestępstwem.

Nieznany mężczyzna uśmiechnął się do mnie szeroko, błyskając szczerbatym uśmiechem w szczupłej, wyrazistej, nieco drapieżnej twarzy. Keiko nie zwracała na mnie uwagi; ona także, podobnie jak Akio, na ręce miała na wpół zabliźnioną ranę od mojego noża.

Odetchnąłem głęboko. Mimo upału czułem się tutaj nieskończenie lepiej niż w zamkniętym pokoju lub w duchocie wózka. Za naszymi plecami rozpościerało się miasto Yamagata; sylweta zamku bielała na tle gór, wciąż jeszcze pokrytych bujną zielenią, choć tu i ówdzie widniały już barwne plamy żółknących liści. Pola ryżowe również z wolna okrywały się złotem, zbliżała się pora żniw. Na południowym zachodzie dostrzegłem strome szczyty wokół Terayamy, lecz dachy świątyni kryły się za koronami cedrów. W oddali, jedno za drugim, błękitniały niezliczone pasma gór, mieniące się w popołudniowej mgiełce. W milczeniu żegnałem się z Shigeru, z przykrością myśląc, że oto odejdę i zerwę ostatnią więź, która łączyła mnie z nim i z moim życiem jako Otori.

Akio zdzielił mnie w ramię.

– Nie gap się jak jakiś kretyn – warknął głosem zmienionym od prostackiego narzecza, jakiego użył. – Twoja kolej pchać.

Z nadejściem wieczoru serdecznie znienawidziłem wózek. Był ciężki i niesterowny; wszyscy mieliśmy obolałe plecy i bąble na rękach. Już wciąganie go pod górę sprawiało nam nie lada trudność, bo koła więzły w dziurach i koleinach, z których musieliśmy go wypychać we czworo, lecz hamowanie przy zjeździe w dół stanowiło istną udrękę. Z radością byłbym go puścił, pozwalając, by runął do lasu; tęsknie wspominałem swego konia, Raku.

Starszy mężczyzna, Kazuo, szedł przy mnie, korygując moją wymowę i podpowiadając mi wyrazy niezbędne w zawodowym żargonie kuglarzy. Kilka określeń znałem już od Kenjiego, który ongiś uczył mnie mrocznego, ulicznego języka Plemienia, inne były dla mnie nowe. Naśladowałem Kazuo tak samo, jak kiedyś, podczas zupełnie innych lekcji, naśladowałem Ichiro, i próbowałem mentalnie przeobrazić się w Minoru.

Dzień dobiegał końca, ściemniało się, gdy zeszliśmy zboczem do wioski. Droga była tu równiejsza i gładsza, a jakiś człowiek wracający do domu powitał nas wieczornym pozdrowieniem. Poczułem drzewny dym i woń gotowanej wieczerzy. Wokół mnie rozbrzmiewały odgłosy wsi u schyłku dnia: plusk wody, w której myli się mężczyźni po pracy w polu, dziecięce okrzyki i kłótnie, pogawędki kobiet przy gotowaniu, trzask ognia, brzęk siekiery, świątynne dzwonki, muzyka dźwięków, wśród których się wychowałem.

Lecz dosłyszałem także coś innego – podzwanianie uprzęży i stłumiony stukot kopyt.

– Przed nami jest patrol – szepnąłem do Kazuo.

Uniósł dłoń, dając znak do zatrzymania, i zawołał półgłosem do Akio:

– Minoru mówi, że idzie patrol.

Akio spojrzał na mnie, mrużąc oczy w zachodzącym słońcu.

– Słyszysz ich?

– Słyszę konie. Któż inny mógłby to być?

Kiwnął głową, jakby chciał powiedzieć: Teraz czy potem, co za różnica?

– Bierz wózek.

Zająłem miejsce Akio, Kazuo zaintonował rubaszną piosenkę. Miał ładny, donośny głos, który rozlał się szeroko w nieruchomym powietrzu wieczoru. Yuki wyjęła z wózka ręczny bębenek i rzuciła go Akio, który zaczął wybijać rytm, sama zaś podjęła melodię na dziwnym jednostrunowym instrumencie. Keiko zakręciła wielobarwnymi bąkami, tymi samymi, które przyciągnęły moją uwagę w Inuyamie.

Grając i śpiewając, minęliśmy zakręt, po czym ujrzeliśmy patrol. Dziewięciu lub dziesięciu żołnierzy jadło posiłek przy bambusowej przegrodzie, ustawionej przed wejściem do wioski. Na ich kurtkach widniało godło Araiego, a na zboczu za nimi powiewały proporce Seishuu z wizerunkiem zachodzącego słońca. Obok pasły się cztery konie.

Wokół zbrojnych roiło się od dzieci, które na widok wózka podbiegły do nas z krzykiem i śmiechem. Kazuo przestał śpiewać i zadał im kilka zagadek, po czym zuchwale zawołał do żołnierzy:

– Jak leci, chłopaki?

Dowódca ciężko się podniósł. Wszyscy natychmiast przypadliśmy do ziemi.

– Hej, wy, wstawać – rzucił. – Skąd idziecie?

Miał kwadratową twarz o krzaczastych brwiach oraz wąskie, zaciśnięte usta, z których wierzchem dłoni otarł zabłąkane ziarnka ryżu.

– Z Yamagaty – odparł Akio, oddając bębenek Yuki.

Wręczył żołnierzowi drewnianą tabliczkę, na której wypisane były nasze imiona, nazwa naszego cechu oraz wydana w mieście licencja. Dowódca wpatrywał się w nią przez dłuższy czas, sylabizując imiona i przypatrując się po kolei naszym twarzom. Tymczasem Keiko, która nadal kręciła bąkami, wzbudzała zainteresowanie, znacznie wykraczające poza zdawkową ciekawość; z punktu widzenia żołnierzy aktorki niczym nie różniły się od prostytutek. Jeden z nich rzucił jej zuchwałą propozycję, ona zaś odpowiedziała mu ze śmiechem.

Oparłem się o drzewo i otarłem pot z twarzy.

– A ten Minoru co robi? – zapytał dowódca, oddając Akio tabliczkę.

– Mój młodszy brat? Żongluje. To powołanie rodzinne.

– No to popatrzmy – żołnierz rozciągnął w uśmieszku cienkie wargi.

Akio nie wahał się ani przez chwilę.

– Hej, mały, pokaż panu, co potrafisz.

Zdjąłem z głowy chustę, wytarłem w nią dłonie i ponownie opasałem czoło. Gładki ciężar wyjętych z torby piłeczek sprawił, że w jednej chwili stałem się Minoru. To było moje życie, innego nie znałem – droga, wioska, nieufne, wrogie spojrzenia. Zapomniałem o zmęczeniu, o bólu głowy, o pokaleczonych rękach; byłem Minoru i robiłem swoje od chwili, gdy nauczyłem się chodzić.

Piłeczki wzleciały ku górze, najpierw cztery, potem pięć. Kończyłem drugą sekwencję fontanny, gdy Akio dał mi znak głową. Rzuciłem mu piłeczki; schwytał je bez wysiłku i podrzucił w powietrze razem z drewnianą tabliczką, po czym znienacka skierował cały komplet w moją stronę. Ostra krawędź tabliczki rozerwała mi pęcherz na dłoni. Ogarnęła mnie złość – co Akio chciał w ten sposób osiągnąć? Zdemaskować mnie? Zdradzić? Zgubiłem rytm; tabliczka i piłki legły w kurzu u mych stóp.

Z twarzy dowódcy zniknął uśmiech. Zrobił krok do przodu, ja zaś nagle poczułem szaleńczy impuls, by zwrócić się do niego, zdać się na łaskę i niełaskę Araiego, uciec od Plemienia, póki nie jest za późno.

Akio rzucił się ku mnie.

– Bałwan! – wrzasnął i zdzielił mnie w ucho.
– Nasz ojciec przewraca się w grobie!

W chwili, gdy podniósł na mnie rękę, pojąłem, że nikt już nie przejrzy mojej maskarady; żaden aktor nie odważyłby się uderzyć wojownika Otori. Cios ów lepiej niż cokolwiek innego znów przeobraził mnie w Minoru.

– Wybacz, starszy bracie – odparłem pokornie, podnosząc piłeczki i tabliczkę, po czym wznowiłem żonglowanie, aż dowódca roześmiał się i pozwolił nam przejść.

– Przyjdźcie nas dzisiaj obejrzeć! – zawołała Keiko na odchodnym.

– Tak, wieczorem! – odkrzyknęli żołnierze.

Kazuo podjął śpiew, Yuki uderzyła w bębenek, ja odrzuciłem Akio tabliczkę i schowałem piłeczki, pociemniałe od krwi. Złapałem uchwyty wózka. Podniesiono szlaban; weszliśmy do wioski.

Rozdział czwarty

Ostatni dzień podróży Kaede do domu rozpoczął się cudownym jesiennym porankiem, gdy niebo było błękitne, a powietrze chłodne i przejrzyste niczym górski strumień. W dolinach i nad rzeką unosiły się mgły, barwiące srebrem pajęcze sieci i pędy dzikiego powoju. Jednak tuż przed południem pogoda zaczęła się zmieniać – wiatr zmienił kierunek, od północnego zachodu przypełzły chmury. Szybko się ściemniło, a pod wieczór rozpadał się deszcz.

Burze wyrządziły wielkie szkody na polach ryżowych, w ogrodach warzywnych i sadach; wioski sprawiały wrażenie wymarłych, a nieliczni mieszkańcy wpatrywali się w nią ponuro, kłaniając się dopiero pod naciskiem straży, a i wtedy niechętnie. Nie miała pojęcia, czy ją poznają – nie chciała tracić czasu na rozmowy, lecz zastanowiło ją, dlaczego nikt nie naprawia zniszczeń, dlaczego ludzie nie pracują w polu, aby uratować z plonów, co się da.

Jej serce nie bardzo wiedziało, co począć: to zwalniało, pełne złych przeczuć, aż miała wrażenie, że zaraz zemdleje, to przyspieszało gorączkowo, miotane obawą i podnieceniem. Ostatnie mile ciągnęły się bez końca, a przecież równo idące konie pokonywały je aż nazbyt szybko.

Przede wszystkim lękała się tego, co zastanie w domu. Mijała widoki, jak sądziła, znajome, i serce podchodziło jej do gardła, lecz gdy wreszcie dotarli do muru wokół ogrodu i stanęli przed bramą jej rodzinnego domu, w ogóle nie mogła go poznać. Czyżby tu mieszkała? Był taki mały, nie miał umocnień ani straży, brama stała otworem. Wjeżdżając w nią na Raku, nie potrafiła powstrzymać okrzyku.

Shizuka natychmiast zeskoczyła z siodła i z niepokojem uniosła ku niej twarz.

– Panienko?

– Ogród! – zawołała Kaede. – Co tu się stało?

Wszędzie znać było ślady żywiołu. W poprzek strumienia leżała wyrwana z korzeniami sosna, która padając, zmiażdżyła kamienną latarnię. Kaede w błysku pamięci ujrzała obraz: świeżo postawiona latarnia, palące się w niej światło, wieczór, być może Święto Umarłych, płynący z prądem lampion i dłoń matki gładząca jej włosy.

Patrzyła, nie rozumiejąc, na zrujnowany ogród. To było coś więcej niż zniszczenia po burzy; od wielu miesięcy nikt nie strzygł krzewów ani trawy, nie czyścił stawów, nie przycinał drzew. Czy to naprawdę jej dom, siedziba jednego z najważniejszych rodów Zachodu? Co się stało z wielkim ongiś majątkiem Shirakawa?

Zmęczony koń spuścił łeb i potarł nim o przednią nogę, po czym zarżał niecierpliwie, oczekując, że postój oznacza, iż rozsiodłają go i nakarmią.

– Gdzie są straże? – powtarzała wstrząśnięta Kaede. – Gdzie wszyscy?

Człowiek, którego nazywała Blizną, dowódca eskorty, podjechał konno pod werandę, zajrzał do środka domu i zawołał:

– Hej! Jest tam kto?

– Nie wchodź! – powstrzymała go. – Poczekaj na mnie! Pójdę pierwsza.

Długa Ręka podszedł do Raku i ujął wodze. Kaede osunęła się w ramiona Shizuki. Deszcz zamienił się w drobną mżawkę, która osiadała na włosach i ubraniach, ogród pachniał gorzko wilgocią i zgnilizną, skwaśniałą ziemią i opadłymi liśćmi. Promienny, niezmienny wizerunek domu dzieciństwa, grzejący serce Kaede przez osiem długich lat, boleśnie rozjarzył się w jej duszy po raz ostatni, po czym zagasł na zawsze.

Długa Ręka rzucił wodze jednemu z pieszych i dobywszy miecza, ruszył przodem. Za nim podążyły Kaede i Shizuka.

Zsuwając sandały na progu werandy, Kaede odniosła wrażenie, że jej stopy poznają dotyk drewnianych desek. Jednak zapach domu był zupełnie obcy – mieszkali tu ludzie, których nie znała.

Nagle w ciemnościach coś się poruszyło. Długa Ręka skoczył do środka. Rozległ się przerażony dziewczęcy krzyk i po chwili strażnik wyciągnął na werandę drobną postać.

– Puść ją! – rozkazała Kaede z wściekłością. – Jak śmiesz jej dotykać!

– On tylko cię broni – mruknęła Shizuka, lecz Kaede jej nie słuchała.

Zbliżyła się do dziewczyny, ujęła jej dłonie i spojrzała na nią uważnie. Nieznajoma, prawie tego samego wzrostu co Kaede, miała łagodną twarz i jasnobrązowe oczy, takie same jak ich ojciec.

– Ai? Jestem Kaede, twoja siostra. Nie pamiętasz mnie?

Szeroko rozwarte oczy dziewczyny napełniły się łzami.

– Siostrzyczko? To naprawdę ty? Przez chwilę, pod światło... myślałam, że to mama.

Kaede objęła siostrę, czując, że sama zaczyna płakać.

– Umarła, prawda?

– Ponad dwa miesiące temu. Przed śmiercią mówiła tylko o tobie. Bardzo tęskniła, ale wieść o twoim małżeństwie przyniosła jej spokój. – Głos Ai zadrżał i dziewczyna wycofała się z uścisku.

– Dlaczego przyjechałaś? Gdzie twój mąż?

– Nie słyszałaś, co się stało w Inuyamie?

– Przez cały rok nasze ziemie pustoszyły tajfuny. Dużo ludzi zginęło, zbiory przepadły. Docierało do nas bardzo niewiele wiadomości – tylko pogłoski o wojnie. Po ostatniej burzy przeszło tędy wojsko, ale nie bardzo rozumieliśmy, z kim walczą i o co.

– Wojsko Araiego?

– To byli Seishuu z Maruyamy i krain położonych dalej na południe. Szli wesprzeć pana Araiego w walce z klanem Tohan. Ojciec był oburzony, gdyż uważał się za sojusznika pana Iidy. Nie chciał, żeby tędy przechodzili, i próbował ich zatrzymać przy Świętych Pieczarach. Usiłowali przekonać go po dobroci, ale ich zaatakował.

– Ojciec z nimi walczył? Nie żyje?

– Żyje. Oczywiście, poniósł klęskę, większość jego ludzi zginęła, ale żyje. Uważa Araiego za zdrajcę i samozwańca. Kiedy cię oddawał jako zakładniczkę, złożył Noguchim przysięgę na wierność.

– Noguchi zostali obaleni. Nie jestem już zakładniczką i zawarłam sojusz z Araim – powiedziała Kaede.

Oczy siostry rozszerzyły się ze zdumienia.

– Nie rozumiem. Nic już nie rozumiem. – Zda się, dopiero teraz uświadomiła sobie obecność Shizuki i zbrojnych, czekających na zewnątrz. – Wybaczcie, pewnie jesteście wyczerpani – zwróciła się do nich z bezradnym gestem. – Przybyliście z daleka i musicie być głodni. – Zmarszczyła czoło i nagle przybrała wygląd dziecka. – Co ja mam robić? – szepnęła. – Możemy wam zaproponować tak niewiele.

– Nie ma służby?

– Gdy usłyszeliśmy konie, wysłałam ich do lasu. Wrócą przed zapadnięciem nocy.

– Shizuko – rzekła Kaede. – Idź do kuchni i zobacz, co da się tam znaleźć. Przygotuj dla ludzi jedzenie i picie. Dzisiaj mogą tu przenocować. Chciałabym, aby co najmniej dziesięciu zostało ze mną. – Wskazała na Długą Rękę: – Niech on dokona wyboru, reszta niech wraca do Inuyamy. Zapłacą życiem, jeżeli moi poddani lub mój majątek doznają uszczerbku z ich ręki.

– Pani – skłoniła się Shizuka.

– Pokażę ci drogę – powiedziała Ai i poprowadziła Shizukę w głąb domu.

– Jak się nazywasz? – zapytała Kaede Długą Rękę.

– Kondo, pani – odparł, padając przed nią na kolana.

– Jesteś człowiekiem Araiego?

– Moja matka wywodzi się z klanu Seishuu. Ojciec – ufam, że mogę ci powierzyć swój sekret – był członkiem Plemienia. Wspierałem Araiego w bitwie pod Kushimoto, poproszono mnie więc, bym wstąpił do niego na służbę.

Popatrzyła nań z góry. Nie był już młody, miał szpakowate włosy i pobrużdżony kark. Zadawała sobie pytanie, co właściwie przeżył, czego dokonał dla Plemienia i do jakiego stopnia można mu zaufać. Jednak potrzebowała kogoś, kto nadzorowałby żołnierzy i konie oraz bronił domu, a Kondo ocalił Shizukę, ludzie Araiego bali się go i szanowali, ponadto doskonale opanował rzemiosło wojenne.

– Przez kilka tygodni przydałaby mi się twoja pomoc – rzekła. – Mogę na tobie polegać?

Wówczas podniósł wzrok; w zapadającym zmierzchu dostrzegła błysk obnażonych w uśmiechu białych zębów. Kiedy przemówił, w jego głosie zabrzmiała szczerość, a nawet oddanie:

– Pani Otori może na mnie polegać tak długo, jak będzie trzeba.

– Przysięgnij zatem – zażądała, czując, że się czerwieni; oto uzurpowała sobie władzę, której posiadania wcale nie była pewna.

Zmarszczki wokół oczu żołnierza na chwilę się pogłębiły. Dotknął maty czołem i złożył przysięgę na wierność jej rodzinie, lecz odniosła wrażenie, że w jego odpowiedzi słyszy ton ironii. Plemię zawsze udaje, pomyślała, przeszyta dreszczem. Oni odpowiadają tylko przed sobą nawzajem.

– Idź i dobierz dziesięciu zaufanych ludzi – poleciła głośno. – Sprawdź, czy wystarczy karmy dla koni i czy stajnie i obory są całe.

– Pani Otori – odrzekł, znów ironicznie, jak się jej wydało. Nie była pewna, ile Kondo o niej wie i co właściwie powiedziała mu Shizuka.

Wróciła Ai i ujmując ją za rękę, zapytała cicho:

– Mam powiedzieć ojcu, że przyjechałaś?

– Gdzie on jest? W jakim stanie? Ranili go?

– Był lekko ranny. Ale nie chodzi o ból... Śmierć mamy, strata tylu ludzi... jego umysł błądzi, czasem nawet nie bardzo wie, gdzie się znajduje. Wciąż rozmawia z duchami i upiorami.

– Dlaczego nie odebrał sobie życia?

– Kiedy go przyniesiono, chciał to uczynić. – Głos Ai załamał się, zaczęła szlochać. – Powstrzymałam go. Byłam taka słaba; tuliłyśmy się do niego z Haną, błagając, by nas nie opuszczał. Zabrałam mu broń. – Zwróciła ku Kaede twarz zalaną łzami. – To wszystko moja wina. Powinnam była mieć więcej odwagi, powinnam pomóc mu umrzeć, a potem zabić siebie i Hanę, jak przystało na córkę wojownika. Ale nie potrafiłam tego zrobić; nie potrafiłam ani odebrać jej życia, ani zostawić jej samej. Więc żyjemy w hańbie i to doprowadza ojca do szaleństwa.

Ja także powinnam była się zabić, pomyślała Kaede, od razu, kiedy usłyszałam, że pan Shigeru został zdradzony. Ale nie zrobiłam tego – za to zabiłam Iidę. Dotknęła policzka Ai, czując wilgoć łez.

– Wybacz mi – szepnęła dziewczyna. – Jestem taka słaba.

– Nie – odparła Kaede. – Dlaczego miałabyś umierać? – Jej siostra liczyła sobie zaledwie trzynaście lat i nie popełniła żadnego przestępstwa. – Dlaczego którakolwiek z nas miałaby wybrać śmierć? Będziemy żyć! Gdzie jest Hana?

– Wysłałam ją do lasu z kobietami.

Kaede dotychczas rzadko ogarniało współczucie, teraz jednak obudziło się w niej, bolesne niczym żal. Przypomniała sobie, jak przyszła do niej Biała Bogini, jak Wszechmiłosierna pocieszyła ją obietnicą, że odzyska Takeo; nieodłącznym warunkiem spełnienia owej obietnicy był wymóg okazywania współczucia, opieki nad siostrami, ludem i nienarodzonym dzieckiem. Na zewnątrz rozległ się głos wydającego rozkazy Kondo oraz donośne okrzyki żołnierzy. Zarżał koń, inny mu odpowiedział. Deszcz padał coraz gęstszy, wybijając rytm, który wydał się jej znajomy.

– Muszę zobaczyć się z ojcem – powiedziała. – Potem trzeba nakarmić ludzi. Czy ktoś z wioski nam pomoże?

– Tuż przed śmiercią mamy rolnicy przysłali deputację. Narzekali na podatek ryżowy, na stan rowów odwadniających, na utratę zbiorów. Ojciec bardzo się rozgniewał. Nie chciał nawet z nimi rozmawiać. W końcu Ayame przekonała ich, żeby dali nam spokój ze względu na chorobę mamy. Od tamtej pory panuje zamęt. Wieśniacy boją się ojca; sądzą, że ciąży na nim klątwa.

– A sąsiedzi?

– Jest pan Fujiwara. Odwiedzał ojca od czasu do czasu.

– Nie pamiętam go. Co to za człowiek?

– Dziwny. Elegancki i chłodny. Powiadają, że jest bardzo wysoko urodzony i że kiedyś mieszkał w stolicy.

– W Inuyamie?

– Nie, w prawdziwej stolicy, tam gdzie mieszka cesarz.

– Więc to szlachcic?

– Chyba tak. Mówi inaczej niż tutejsi ludzie. Prawie go nie rozumiem. Robi wrażenie wielce uczonego. Ojciec lubił z nim rozmawiać o historii i klasykach.

– Cóż, jeśli jeszcze kiedyś złoży ojcu wizytę, może poproszę go o radę.

Kaede zamilkła na chwilę. Walczyła ze znużeniem; bolały ją kończyny, brzuch wydawał się ciężki. Marzyła, aby położyć się i zasnąć. A ponadto w zakamarkach serca czuła się winna, że jej smutek nie jest większy. Owszem, cierpiała z powodu śmierci matki i upokorzenia ojca – rzecz w tym, że w jej duszy zabrakło już miejsca na żałobę oraz siły, by ją przeżywać.

Rozejrzała się po pokoju. Nawet o zmierzchu dostrzegła, że maty są zniszczone, ściany pełne zacieków, parawany podarte. Podążając za jej wzrokiem, Ai szepnęła:

– Wstyd mi. Jest tyle rzeczy do roboty i tyle rzeczy, których nie umiem robić.

– Niemal pamiętam, jak tu było przedtem – uśmiechnęła się Kaede. – Wszystko miało w sobie jakiś blask.

– To dzięki mamie – stłumiła szloch Ai.

– Sprawimy, że znowu tak będzie.

Nagle od strony kuchni doleciał je śpiew; Kaede poznała głos Shizuki oraz piosenkę, którą słyszała, gdy po raz pierwszy się spotkały, miłosną balladę o wiosce i sośnie. Skąd ona bierze odwagę, żeby teraz śpiewać? – zadziwiła się, lecz Shizuka już wchodziła do pokoju, niosąc zapalone lampy.

– Znalazłam je w kuchni – wyjaśniła. – Na szczęście ogień jeszcze się palił. Ryż i jęczmień już się gotują. Kondo posłał do wioski po jakieś zakupy. I domowe kobiety wróciły.

– Pewnie jest z nimi nasza siostrzyczka – odetchnęła z ulgą Ai.

– Tak, przyszła z rękami pełnymi ziół i grzybów, które koniecznie życzy sobie przyrządzić.

Ai spąsowiała.

– Jest na wpół dzika… – zaczęła wyjaśniać.

– Chciałabym ją zobaczyć – przerwała jej Kaede. – A potem zaprowadzisz mnie do ojca.

Ai wyszła. Z kuchni dobiegło kilka stanowczych słów, po czym siostra Kaede wróciła, prowadząc dziewczynkę mniej więcej dziewięcioletnią.

– To jest Kaede, nasza starsza siostra. Opuściła dom, kiedy byłaś malutka. No, przywitaj się, jak należy – fuknęła.

– Witaj w domu – szepnęła Hana, po czym uklękła i skłoniła głowę. Kaede również uklękła i ujęła ją za ręce.

– Gdy odchodziłam z domu, byłam młodsza niż ty teraz – powiedziała, spoglądając na piękne oczy i delikatne kości, rysujące się pod dziecięcą krągłością policzków.

– Jest podobna do ciebie, pani – rzekła Shizuka.

– Mam nadzieję, że będzie szczęśliwsza – odrzekła Kaede i przyciągnąwszy Hanę, przytuliła ją mocno. Kiedy drobne ciałko zaczęło dygotać, pojęła, że dziewczynka płacze.

– Mama! Chcę do mamy!

Oczy Kaede również wypełniły się łzami.

– Cicho, Hana. Nie płacz, mała siostrzyczko – próbowała ją uciszyć Ai. – Przepraszam – zwróciła się do Kaede. – Wciąż opłakuje matkę. Nie nauczono jej, jak ma się zachowywać.

Cóż, wkrótce się dowie, tak jak ja, pomyślała Kaede. Nauczy się nie okazywać uczuć, pojmie, że życie składa się z bólu i utraty, a jeśli będzie płakać, to tylko na osobności.

– Chodź – rzekła Shizuka, biorąc Hanę za rękę. – Musisz mi pokazać, jak się przyrządza te grzyby. Nie znam miejscowych odmian.

Ponad głową dziewczynki spojrzała Kaede w oczy. Jej uśmiech był ciepły i pogodny.

– Cudowną masz służącą – powiedziała Ai, kiedy wyszły. – Od jak dawna jest z tobą?

– Zjawiła się kilka miesięcy temu, tuż przed moim wyjazdem z zamku Noguchi – odparła Kaede.

Siostry klęczały na podłodze, nie bardzo wiedząc, o czym rozmawiać. Deszcz rozpadał się na dobre, strumienie wody ściekały z okapu niczym rząd stalowych strzał. Zapadała ciemność. Przecież nie mogę powiedzieć Ai, myślała Kaede, że Shizuka pochodzi z Plemienia i że przysłał mi ją sam pan Arai, szykując spisek, by obalić Iidę. Tylu rzeczy nie mogę jej powiedzieć. Jest taka młoda, nigdy nie opuszczała Shirakawy, nic nie wie o świecie.

– Chyba powinnyśmy iść do ojca – rzekła w końcu.

W owej chwili usłyszała z głębi domu kroki i wołanie:

– Ai! Ayame! – Kroki zbliżały się. – Ach, odeszły i zostawiły mnie! – gderał łagodnie ojciec. – Ach, te kobiety, wszystkie nic niewarte!

Wszedł do pokoju, lecz na widok Kaede stanął jak wryty.

– Kto to? Mamy gości? Kto przychodzi o tej porze nocy, w taki deszcz?

– To Kaede, ojcze – Ai wstała i podeszła do niego. – Twoja najstarsza córka. Wróciła. Jest bezpieczna.

– Kaede?

Zrobił krok naprzód. Kaede została na miejscu i skłoniła się głęboko, dotykając czołem podłogi.

Ai pomogła ojcu uklęknąć.

– No, pokaż się, pokaż – mruknął niecierpliwie. – Zobaczmy to, co jest w nas najgorszego.

– Ojcze? – Kaede uniosła pytająco głowę.

– Jestem zhańbiony – szepnął poufale. – Powinienem był umrzeć. Ale nie umarłem. Teraz jestem pusty, jakby na wpół żywy. Córko, spójrz na mnie!

Istotnie, zaszły w nim straszliwe zmiany. Zawsze opanowany i pełen godności, teraz wyglądał jak strzęp człowieka. Od jego lewej skroni do ucha ciągnęła się częściowo zagojona blizna, wokół której widniał wygolony placek. Był boso, miał poplamioną szatę, a jego podbródek pociemniał od kilkudniowego zarostu.

– Co się z tobą stało? – zapytała, usiłując powściągnąć gniew.

Przybyła tu w poszukiwaniu schronienia, utraconego domu dzieciństwa, który opłakiwała przez osiem lat, a znalazła rozpad i ruinę.

– Jakie to ma znaczenie? – ojciec ze znużeniem machnął ręką. – Wszystko przepadło. Twój powrót to ostatnia kropla. A twoje małżeństwo z panem Otori? Tylko mi nie mów, że on również nie żyje!

– Nie z mojej winy – odparła gorzko. – Zabił go Iida.

Pobladł i zacisnął usta.

– Nic nam o tym nie wiadomo.

– Iida też nie żyje – ciągnęła. – Arai wziął Inuyamę. Klan Tohan upadł.

Wzmianka o Araim wyraźnie wytrąciła ojca z równowagi.

– Ten zdrajca – wymamrotał, wpatrując się w ciemność, jakby zgromadziły się tam upiory. – Pokonał Iidę? – Po chwili milczenia dodał: – Okazuje się, że znowu jestem po złej stronie. Chyba jakaś klątwa ciąży nad moją rodziną. Po raz pierwszy cieszę się, że nie mam syna, dziedzica. Ród Shirakawa po prostu zniknie z powierzchni ziemi i nikt nie będzie go opłakiwał.

– Masz trzy córki! – zawołała Kaede, ukłuta do żywego.

– Z których najstarsza jest w dwójnasób przeklęta, gdyż sprowadza śmierć na każdego mężczyznę, z którym się zwiąże!

– Pan Otori zginął przez Iidę! To był spisek od początku do końca! Małżeństwo ze mną wymyślono tylko po to, by ściągnąć go do Inuyamy, w ręce Tohańczyków!

Deszcz bębnił w dachówki, z rynien lały się strugi wody. Do pokoju bezszelestnie weszła Shizuka, niosąc kolejne lampy, postawiła je na podłodze, po czym uklękła przy drzwiach. Muszę nad sobą zapanować, myślała Kaede. Nie mogę wyjawić mu wszystkiego.

Ojciec patrzył na nią z powątpiewaniem.

– To w końcu jesteś mężatką czy nie?

Serce jej waliło. Nigdy ojcu nie skłamała, teraz również odkryła, że nie zdoła wykrztusić słowa. Odwróciła głowę, jakby przytłoczona żałością.

– Panie Shirakawa, mogę coś powiedzieć? – zapytała szeptem Shizuka.

– Kto to jest? – zwrócił się ojciec do Kaede.

– Moja pokojówka. Przyszła do mnie jeszcze w zamku Noguchi.

Skinął Shizuce głową.

– Co masz do powiedzenia?

– Pani Shirakawa i pan Otori wzięli potajemnie ślub w Terayamie – rzekła cicho Shizuka. – Świadkiem była wasza krewniaczka, lecz ona i jej córka także zginęły w Inuyamie.

– Maruyama Naomi nie żyje? Coraz gorzej! Teraz jej ziemie przepadną, weźmie je pasierbica! Równie dobrze możemy od razu oddać im Shirakawę!

– Ja po niej dziedziczę – oświadczyła Kaede. – Powierzyła mi wszystko.

Zaśmiał się krótko i bezradośnie.

– Spór o te dobra toczy się od lat! Mąż pasierbicy pani Maruyama jest kuzynem Iidy, popiera go wiele osób z klanów Tohan i Seishuu. Oszalałaś, jeśli sądzisz, że pozwolą ci objąć spadek!

Kaede bardziej wyczuła, niż usłyszała drgnięcie Shizuki za swymi plecami. Jej ojciec okazał się pierwszym z wielu mężczyzn – całej armii, klanu, być może nawet wszystkich Trzech Krain – którzy zamierzali ją odstraszyć bądź zniechęcić.

– Mimo to spróbuję.

– Ty będziesz walczyć? – zapytał wzgardliwie.

– Tak.

Przez kilka chwil siedzieli, milcząc, wpatrzeni w zalany deszczem ogród.

– Zostało nam niewielu ludzi – rzekł ojciec z goryczą. – Czy Otori zamierzają coś z tobą zrobić? Pewnie każą ci ponownie wyjść za mąż. Proponowali kogoś?

– Za wcześnie, by o tym myśleć. Jeszcze noszę żałobę. – Zaczerpnęła tchu tak głęboko, że z pewnością to usłyszał. – Chyba jestem w ciąży.

Odwrócił głowę i spojrzał na nią bacznie, mrużąc oczy w ciemności.

– Shigeru dał ci dziecko?

Skłoniła się potakująco; nie śmiała się odezwać.

– No, no – zaśmiał się z niespodziewaną, niestosowną jowialnością. – Trzeba to uczcić! Człowiek umarł, ale jego nasienie wciąż żyje! Niebywały wyczyn! – Dotychczas rozmawiali półgłosem, teraz jednak nagle zawołał: – Ayame!

Kaede mimowolnie drgnęła. Zrozumiała, że umysł ojca uległ rozchwianiu i nieustannie przechodzi od stanu jasności do zamglenia. To ją przerażało, lecz odsunęła na bok lęk; na razie ojciec jej uwierzył, później przyjdzie pora, by stawić czoło innym sprawom.

Zjawiła się służąca Ayame.

– Witaj w domu, pani – szepnęła, klękając. – Wybacz nam tak smutne powitanie.

Kaede wstała i dźwignęła ją za ręce. Padły sobie w objęcia. Krzepka, niezłomna osoba, którą pamiętała, zamieniła się w kobietę u progu starości, jednak pachniała znajomo, wonią dzieciństwa.

– Idź, przynieś wina – zarządził ojciec Kaede. – Chcę wypić za wnuka.

Kaede przeszył dreszcz, jakby dając dziecku fałszywą tożsamość, uczyniła fałszywym jego życie.

– Jeszcze za wcześnie – zaprotestowała cicho. – Za wcześnie, by świętować.

– Kaede! – wykrzyknęła Ayame, mówiąc do niej po imieniu jak do dziecka. – Nie mów takich rzeczy, nie kuś losu!

– Dajcie wina – rozkazał ojciec. – I zamknijcie okiennice. Czemu siedzimy tu w chłodzie?

Ayame ruszyła w stronę werandy, gdy wtem rozległ się głos Kondo:

– Pani Otori!

Shizuka szybko podeszła do wyjścia.

– Każ mu się zbliżyć – poleciła Kaede.

Kondo wstąpił na drewnianą podłogę i natychmiast klęknął. Kaede dostrzegła bystre spojrzenie, jakim obrzucił pomieszczenie, momentalnie oceniając układ domu oraz jego mieszkańców.

– Udało mi się zdobyć w wiosce trochę jedzenia – przemówił, zwracając się do niej, nie do ojca – wybrałem też żołnierzy, o których prosiłaś, pani. Zgłosił się do nas młody człowiek imieniem Amano Tenzo, który zajął się końmi. Dopilnuję, by nakarmiono ludzi, i wystawię na noc straże.

– Dziękuję. Pomówimy rano.

Kondo znów się skłonił i zniknął bezszelestnie.

– Kim jest ten człowiek? – zapytał ojciec napastliwie. – Dlaczego nie zwrócił się do mnie, żeby zapytać o zdanie albo pozwolenie?

– Pracuje dla mnie – odparła Kaede.

– Jeśli to człowiek Araiego, nie chcę go widzieć w swoim domu.

– Powiedziałam już, że pracuje dla mnie. – Jej cierpliwość była na wyczerpaniu. – Zawarliśmy sojusz z panem Araim, który obecnie panuje nad większą częścią Trzech Krain. To nasz władca, ojcze; musisz przyjąć do wiadomości, że Iida umarł, wszystko się zmieniło.

– Czy to oznacza, że córki mogą teraz mówić w ten sposób do ojców?

– Ayame – rzekła Kaede – zaprowadź ojca do jego pokoju. Dziś wieczorem zje u siebie.

Gdy jął czynić jej wyrzuty, po raz pierwszy w życiu podniosła na niego głos:

– Ojcze, jestem zmęczona! Porozmawiamy jutro.

Ayame spiorunowała ją wzrokiem, lecz Kaede udała, że tego nie widzi.

– Rób, co ci każę – powiedziała zimno i po chwili wahania starsza kobieta posłusznie wyprowadziła ojca z pokoju.

– Powinnaś coś zjeść, panienko – rzekła Shizuka. – Usiądź, coś ci przyniosę.

– Upewnij się, czy wszyscy zjedli – odparła Kaede. – I zamknij już okiennice.

Wieczorem długo leżała, wsłuchana w deszcz. Domownicy i żołnierze mieli dach nad głową, byli nakarmieni, a także – jeśli wierzyć Kondo – bezpieczni. Odtworzyła w myślach wydarzenia minionego dnia, wyliczała sprawy, którymi musiała się zająć: ojciec, Hana, zapuszczony majątek Shirakawa, sporne dobra Maruyama. Jak miała się o nie upomnieć i utrzymać to, co do niej należało?

Gdybym była mężczyzną, złościła się, jakież to byłoby łatwe. Gdybym urodziła się chłopcem, czy istniałoby coś, czego ojciec by dla mnie nie zrobił?

Wiedziała, że jest bezwzględna niczym mężczyzna. Jako zakładniczka w zamku Noguchi zakłuła nożem strażnika; uczyniła to bez zastanowienia, lecz Iidę zabiła z premedytacją – i wolała znów zabić niż pozwolić, by jakikolwiek mężczyzna ją zniszczył. Jej myśli powędrowały ku pani Maruyama. Szkoda, że cię lepiej nie poznałam, zadumała się. Żałuję, że więcej się od ciebie nie nauczyłam. Przykro mi, że zadałam ci tyle bólu. Gdybyśmy wtedy mogły swobodnie porozmawiać...

Miała uczucie, że znów widzi nad sobą piękną twarz i słyszy cichy głos: „Powierzam ci moje ziemie oraz mój lud. Dbaj o nie".

Dobrze – szepnęła teraz Kaede – dowiem się, jak to się robi. Ubóstwo własnej edukacji napawało ją przygnębieniem, ale to dało się naprawić. Postanowiła, że nauczy się zarządzać majątkiem, rozmawiać z rolnikami, szkolić wojsko i walczyć, że zdobędzie umiejętności, których syn uczyłby się od urodzenia. Zmuszę ojca, żeby mi wszystko pokazał, pomyślała. Dobrze mu zrobi, jeśli zajmie się czymś innym, nie tylko sobą.

Poczuła ukłucie strachu bądź wstydu – albo jednego i drugiego. W co się zamieniała? Czy stała się odmieńcem, istotą nienaturalną? A może była opętana lub przeklęta? Niemal na pewno żadna kobieta, z wyjątkiem pani Maruyama, nie myślała dotąd w ten sposób. Kurczowo, niczym liny ratunkowej, chwyciła się danej krewniaczce obietnicy, aż wreszcie zapadła w sen.

Nazajutrz rano pożegnała ludzi Araiego, ponaglając ich do wyjazdu. Odjeżdżali chętnie, uradowani, że przed nastaniem zimy wezmą jeszcze udział w kampanii wojennej na Wschodzie. Kaede pozbyła się ich jak najrychlej, zadowolona, że nie musi ich karmić przez kolejny dzień, a następnie rozdzieliła kobietom zajęcia: sprzątanie domu i usuwanie szkód w ogrodzie. Spłoniona ze wstydu Ayame wyznała, że nie ma czym zapłacić robotnikom; większość skarbów rodu Shirakawa przepadła, wszystkie pieniądze zginęły.

– A więc same musimy zrobić, co się da – odparła Kaede, a gdy robota ruszyła, udała się do stajni z Kondo.

Tam, uniżenie, lecz z nieskrywanym zachwytem, powitał ją młody Amano Tenzo – ten sam, którego znała od dziecka i który później towarzyszył jej ojcu do zamku Noguchi. Obecnie miał około dwudziestu lat.

– Piękny koń – rzekł z zachwytem, siodłając Raku.

– To dar od syna pana Otori – odpowiedziała, gładząc szyję zwierzęcia.

Amano rozpromienił się.

– Konie Otori słyną z wytrzymałości i rozumu. Powiada się, że są wypasane na nadrzecznych łąkach, a ich ojcem jest duch rzeki. Za twoim pozwoleniem, pokryjemy nim nasze klacze i w przyszłym roku będziemy mieli od niego źrebięta.

Spodobała się jej bezpośredniość, z jaką poruszał z nią takie tematy. Stajnie były sprzątnięte i lepiej utrzymane niż reszta gospodarstwa, lecz nie licząc Raku, kasztana Amano oraz czterech wierzchowców należących do Kondo i jego ludzi, stały tu tylko trzy stare konie bojowe, z których jeden okulał. W pustych oczodołach końskich czaszek zawieszonych u krokwi gwizdał wiatr; wiedziała, że umieszczono je tutaj, aby chronić i uspokajać zwierzęta, jednak obecnie przeważały liczebnie nad żywymi.

– Tak, potrzeba nam więcej koni – powiedziała. – Ile mamy klaczy?

– Na razie tylko dwie albo trzy.

– Możemy zdobyć więcej przed nastaniem zimy?

Sposępniał.

– Wojna, głód... ten rok był katastrofalny dla Shirakawy.

– Chcę zobaczyć najgorsze. Pojedziesz ze mną?

Raku uniósł łeb i postawił uszy; najwyraźniej rozglądał się i nasłuchiwał. Kiedy się zbliżyła, zarżał cicho, ale nadal wpatrywał się w przestrzeń.

– Tęskni za kimś... pewnie za swoim panem – rzekł Amano. – Proszę się nie martwić. Zadomowi się u nas, to mu przejdzie.

Pogładziła siwą szyję konia. Ja też tęsknię za jego panem, szepnęła w duchu. Ani jemu, ani mnie nie przejdzie, westchnęła, czując, że więź między nią i małym konikiem staje się jeszcze silniejsza.

Codziennie rano objeżdżała konno swe dobra w asyście Amano i Kondo. Po kilku dniach w drzwiach pojawił się starszy mężczyzna, powitany przez pokojówki łzami radości. Był to Shoji Kiyoshi, najstarszy pracownik jej ojca; został ranny w potyczce, obawiano się nawet o jego życie. Świetnie orientował się w sprawach majątku, wiosek i rolników, toteż Kaede szybko zdała sobie sprawę, że może się odeń wiele nauczyć. Początkowo traktował ją z pełnym rozbawienia pobłażaniem – podobne zainteresowania u dziewczyny wydawały mu się dziwne i trochę komiczne – lecz zaskoczyła go jej pojętność i pamięć. Wkrótce zaczął z nią omawiać sprawy bieżące i choć do końca nie mogła się pozbyć wrażenia, że nie darzy jej aprobatą, wiedziała, że może mu ufać.

Ojciec niezbyt się interesował majątkiem; Kaede podejrzewała, że już przedtem dopuszczał się zaniedbań, a nawet niesprawiedliwości, aczkolwiek sama taka myśl zakrawała na nielojalność. Całe dnie spędzał w swoich pokojach na pisaniu i czytaniu. Zaglądała doń każdego popołudnia; siedziała i patrzyła cierpliwie, jak godzinami bez słowa wpatruje się w ogród i niestrudzenie pracującą Ayame, po czym mamrocze do siebie, narzekając na swój los.

Prosiła, by ją uczył.

– Wyobraź sobie, że jestem twoim synem – błagała, lecz nie chciał potraktować jej poważnie.

– Żona powinna być posłuszna i w miarę możliwości piękna – powtarzał. – Mężczyźni nie pragną kobiet myślących tak jak oni.

– Wówczas mieliby z kim rozmawiać – przekonywała.

– Mężczyźni nie rozmawiają z żonami, tylko między sobą – odparował. – A poza tym nie masz męża. Lepiej zajęłabyś się ponownym zamążpójściem!

– Nie zamierzam nikogo poślubiać. Dlatego muszę się uczyć. Muszę sama robić to, co robiłby dla mnie mąż.

– Oczywiście, że wyjdziesz za mąż – rzekł krótko. – Pomyślimy o tym.

Ale ku jej uldze nie czynił w tym kierunku żadnych starań.

Nadal siadywała z nim codziennie, klęcząc obok niego, gdy rozcierał tusz w kamieniu i przygotowywał pędzle, śledząc każdy jego ruch. Umiała pisać i czytać płynne pismo kobiet, lecz ojciec pisał językiem mężczyzn, którego znaki były zwarte i nieprzeniknione niczym więzienne kraty. Przyglądała się cierpliwie, aż któregoś dnia wręczył jej pędzel i kazał napisać znaki „mężczyzna", „kobieta" i „dziecko".

Ponieważ z natury była mańkutem, ujęła pędzel lewą dłonią, jednak widząc zmarszczone brwi ojca, przełożyła go do prawej. Oznaczało to, że musi włożyć w zajęcie więcej wysiłku, niemniej śmiało wzięła się do pracy, naśladując ruchy jego ramienia.

Długo przyglądał się wynikom.

– Piszesz jak mężczyzna – powiedział wreszcie.

– Więc udawaj, że nim jestem.

Poczuła na sobie jego wzrok i podniosła głowę, by spojrzeć mu w oczy. Patrzył na nią, jakby jej nie poznawał, jakby przerażała go i fascynowała niby jakieś egzotyczne stworzenie.

– Ciekawe – mruknął – czy można czegoś nauczyć dziewczynę. Skoro jednak nie mam syna
i pewnie nie będę już go miał...

Jego głos zacichł, niewidzące oczy wpatrzyły
się w dal. Był to jedyny raz, kiedy choćby pośred-
nio wspomniał śmierć matki Kaede.

Od tej pory ojciec zaczął uczyć Kaede wszystkiego, co umiałaby już dawno, gdyby urodziła się
chłopcem. Ayame bardzo potępiała te praktyki,
podobnie zresztą jak Shoji, żołnierze oraz większość domowników, ale Kaede nie zwracała na
nich uwagi. Uczyła się szybko, choć nowo zdoby-
te wiadomości na ogół napawały ją rozpaczą.

– Ojciec tłumaczy mi, dlaczego mężczyźni rzą-
dzą światem – skarżyła się Shizuce. – Każdy tekst,
każda reguła służą wyłącznie objaśnieniu i uzasad-
nieniu ich przewagi.

– Taki jest porządek rzeczy – odparła Shizuka.

Była noc. Rozmawiały szeptem, leżąc obok
siebie, Ai i Hana wraz z resztą kobiet spały w przyle-
głym pokoju. Powietrze było nieruchome i zimne.

– Nie wszyscy tak uważają. Podobno istnieją
kraje, gdzie ludzie myślą inaczej. Nawet tutaj są
osoby, które ośmielają się mieć inne zdanie. Na
przykład pani Maruyama... – Kaede jeszcze bardziej ściszyła głos. – I Ukryci...

– A co ty wiesz o Ukrytych? – zaśmiała się miękko Shizuka.

– Opowiadałaś mi o nich dawno temu, gdy zgłosiłaś się do mnie w zamku Noguchi. Mówiłaś, że wierzą, iż bóg stworzył wszystkich równymi. Pamiętam, że pomyślałam wtedy, że to szaleństwo, że zwariowałaś i ty, i oni. Ale teraz, gdy słyszę, że nawet Oświecony mówi źle o kobietach – a przynajmniej źle mówią jego kapłani i mnisi – zadaję sobie pytanie, dlaczego tak ma być.

– A czego się spodziewasz? To mężczyźni piszą historię i święte księgi. Nawet poezję. Zanim zmienisz świat, musisz nauczyć się w nim działać.

– Istnieją kobiety pisarki – odparła Kaede. – Pamiętam ich opowieści z zamku Noguchi. Ale ojciec zabrania mi je czytać, mówi, że znieprawią mój umysł.

Czasem myślała, że ojciec specjalnie dobiera jej lektury, w których kobiety osądzano jak najsurowiej, kiedy indziej, że być może nie ma innych tekstów. Szczególnie nie znosiła Kung-fu Tsy, którego ojciec ogromnie podziwiał. Pewnego popołudnia zapisywała myśli mędrca pod ojcowskie dyktando, gdy zaanonsowano gościa.

W nocy zmieniła się pogoda; w wilgotnym powietrzu wyczuwało się ziąb, w dolinach snuły się dymy i opary, ciężkie głowy chryzantem w ogrodzie ociekały wodą. Kobiety od kilku tygodni szykowały zimowe ubrania i Kaede była wdzięczna za pikowaną bieliznę, którą przywdziała pod szatę. Od siedzenia nieruchomo zmarzły jej dłonie i stopy. Wkrótce trzeba będzie wstawić piecyki... – z obawą pomyślała o zimie, do której wciąż byli nieprzygotowani.

Wtem w drzwiach stanęła zasapana Ayame i oznajmiła w popłochu:

– Panie, przybył pan Fujiwara!

– Opuszczam was – rzekła Kaede, odkładając pędzel.

– Nie, zostań. Spotkanie z tobą go zabawi. Niewątpliwie przyjechał dowiedzieć się, jakie wieści przywiozłaś ze Wschodu.

Ojciec podszedł do drzwi, po czym odwrócił się, przywołał Kaede ruchem ręki i padł na kolana.

Na dziedzińcu roiło się od konnych i posługaczy. Przy wielkim płaskim kamieniu, specjalnie przyniesionym do ogrodu – Kaede pamiętała ów dzień z dzieciństwa – wysiadał z lektyki wytwornie ubrany szlachcic. W pierwszej chwili ogarnęło ją zdumienie, że ktoś z własnej woli wybiera taki środek transportu, zaraz jednak, zakłopotana, zatroskała się, czy przybysze przywieźli własny zapas jedzenia. Gdy Fujiwara z pomocą sługi zsunął sandały i wstąpił na werandę, przywarła czołem do desek, ale przedtem zdążyła rzucić na niego okiem.

Był to wysoki i szczupły mężczyzna o białej twarzy, rzeźbionej niczym maska, i nienaturalnie wysokim czole. Miał na sobie kosztowną szatę w zgaszonych barwach, uszytą z przepięknej tkaniny; płynął odeń uwodzicielski zapach, śmiały i oryginalny. Z wdziękiem oddał ukłon jej ojcu, pozdrawiając go językiem dwornym i kwiecistym.

Kaede trwała nieruchomo; woń jego perfum, gdy szedł do pokoju, wypełniła jej nozdrza.

– Moja najstarsza córka, Otori Kaede – rzekł ojciec od niechcenia, podążając za gościem.

– Pani Otori – usłyszała słowa przybysza, a następnie: – Chciałbym się jej przyjrzeć.

– Chodź, córko – powiedział ojciec niecierpliwie, więc na klęczkach przesunęła się do przodu.

– Panie Fujiwara – szepnęła.

– Jest bardzo piękna – zauważył przybysz. – Niech pokaże twarz.

Uniosła wzrok.

– Cudowna.

Jego zmrużone, taksujące oczy wyrażały podziw, lecz nie pożądanie; tak ją to zaskoczyło, że

141

choć było to nierozważne, uśmiechnęła się lekko. On jednak najwyraźniej również się zdziwił i jego surowo zaciśnięte usta złagodniały.

– Przeszkodziłem wam? – zagadnął, obejmując wzrokiem zwoje i przybory do pisania. Ciekawość zwyciężyła, jedna brew uniosła się pytająco. – Lekcja?

– Taki drobiazg – odrzekł ojciec, nieco zażenowany. – Dziewczyńskie głupstwa. Zapewne uznasz mnie za nader pobłażliwego ojca.

– Wręcz przeciwnie, jestem oczarowany.

Podjął papier, na którym pisała.

– Można?

– Proszę, proszę – zachęcił ojciec.

– Piękne pismo.

Zaczerwieniła się, pomna zuchwałości, z jaką ośmielała się poznawać sprawy mężczyzn.

– Podoba ci się Kung-fu Tsy? – pan Fujiwara zwrócił się wprost do niej, co jeszcze bardziej ją zmieszało.

– Obawiam się, że budzi we mnie mieszane uczucia – odparła. – Ja najwyraźniej niewiele go obchodzę.

– Córko! – skarcił ją ojciec, lecz wargi pana Fujiwary ułożyły się w coś na kształt uśmiechu.

– Zapewne nie przewidział tak bliskiej znajomości – zażartował. – Podobno przyjechałaś niedawno z Inuyamy. Przyznaję, że celem mojej wizyty jest po części zapoznanie się z nowinami.

– Już od miesiąca przebywam w domu i nie przyjechałam bezpośrednio z Inuyamy, lecz z Terayamy, gdzie pochowany jest pan Otori.

– Twój mąż? Nie wiedziałem o tym. Moje kondolencje.

Obrzucił wzrokiem jej sylwetkę. Nic mu nie umknie, pomyślała. Ma oczy jak kormoran.

– Za jego śmierć odpowiada pan Iida – rzekła cicho – który sam został później zabity przez Otori.

Ponownie złożył jej wyrazy współczucia, ona zaś opowiedziała mu pokrótce o Araim i o sytuacji w Inuyamie, odniosła jednak wrażenie, że pod dworną, elegancką mową gościa kryje się pragnienie, by dowiedzieć się więcej. Czuła, że można powiedzieć mu wszystko i że nic go nie zgorszy, pochlebiało jej także jego wyraźne zainteresowanie.

– Chodzi o Araiego, tego, który kiedyś przysiągł wierność Noguchim – wtrącił ojciec, gniewnie nawiązując do zwykłych pretensji. – Zdradził, a ja musiałem na własnej ziemi walczyć z ludźmi klanu Seishuu, z których kilku jest moimi krewnymi. Nie dość, że wróg miał przewagę liczebną, to jeszcze zostałem oszukany.

– Ojcze! – z wyrzutem mruknęła Kaede. Sprawy te nie dotyczyły pana Fujiwary; im mniej mówiono o hańbie, tym lepiej.

Szlachcic wysłuchał narzekań ojca i skłonił się lekko.

– Podobno pan Shirakawa był ranny?

– Niezbyt poważnie – odparł zapytany. – Byłoby lepiej, gdybym zginął. Powinienem odebrać sobie życie, lecz córki wysysają ze mnie siły.

Kaede nie miała ochoty słuchać tych wynurzeń; na szczęście przerwała je Ayame, wnosząc herbatę i pokrojoną na kawałki słodką pastę z fasoli. Kaede obsłużyła mężczyzn, po czym wymówiła się od dalszej rozmowy. Gdy wychodziła, Fujiwara odprowadził ją wzrokiem, ona zaś odkryła, że miałaby ochotę z nim porozmawiać pod nieobecność ojca.

Nie mogąc wprost zaproponować spotkania, zaczęła się zastanawiać, w jaki sposób je przyspieszyć, jednakże okazało się to zbędne. Kilka dni później ojciec oznajmił, że szlachcic przysłał list, w którym zaprasza Kaede, by obejrzała jego zbiór obrazów i innych cennych przedmiotów.

– Z jakiegoś powodu wzbudziłaś jego zainteresowanie – nie mógł wyjść ze zdumienia.

Ucieszona, choć trochę speszona Kaede poleciła Shizuce iść do stajni i uprzedzić Amano, aby przygotował Raku; chciała, by młodzieniec towarzyszył jej do rezydencji Fujiwary, odległej o nieco ponad godzinę drogi.

– Powinnaś udać się tam w lektyce – stanowczo zaprotestowała Shizuka.

– Dlaczego?

– Pan Fujiwara był na dworze. To człowiek wysoko urodzony. Nie możesz jechać do niego konno jak jakiś wojownik. – Shizuka zrobiła surową minę, lecz natychmiast zachichotała, psując cały efekt: – Co innego, gdybyś była chłopcem i przybyła doń na Raku! Pewnie nigdy by cię nie wypuścił! Ale musisz zrobić na nim wrażenie jako kobieta; trzeba cię doskonale zaprezentować.

– Już powiedział, że jestem piękna – rzekła Kaede, nieco dotknięta.

– Musi zobaczyć, że jesteś bez skazy. Niczym kawałek nefrytu albo obraz Sesshu. Wtedy nabierze chęci, by włączyć cię do swojej kolekcji.

– Nie chcę być częścią jego kolekcji! – wykrzyknęła Kaede.

– A czego chcesz? – Shizuki spoważniała.

Kaede odpowiedziała w podobnym tonie:

– Chcę odbudować swoje dobra i odebrać to, co mi się należy. Chcę mieć władzę, jaką mają mężczyźni.

– Zatem potrzebujesz sojusznika. Jeśli chcesz, by został nim pan Fujiwara, winnaś ukazać mu się jako skończona doskonałość. Wyślij wiadomość, że miałaś zły sen i dlatego dzień wydaje się niefortunny. Napisz, że odwiedzisz go pojutrze. Zyskamy trochę czasu.

Wiadomość wysłano, a tymczasem Kaede poddała się zabiegom Shizuki. Jej włosy zostały umyte, brwi wyskubane, ciało wyszorowane otrębami, natarte balsamem i znów wyszorowane. Po przejrzeniu strojów w domu Shizuka wybrała dla Kaede kilka szat jej matki, nienowych, lecz uszytych z doskonałej tkaniny, których barwy – szarość gołębiego skrzydła i fiolet kwiatu lespedezy – podkreślały kremową cerę Kaede i granatową czerń jej włosów.

– Z pewnością jesteś dość piękna, by wzbudzić jego zainteresowanie – oświadczyła Shizuka. – Ale musisz go również zaintrygować. Sądzę, że ten człowiek uwielbia tajemnice, więc jeśli chcesz mu zdradzić jakiś sekret, upewnij się, że zapłaci dobrą cenę.

Nocami zdarzały się już przymrozki, lecz dni były słoneczne i czyste. Górskie klony i sumaki płonęły czerwienią na tle ciemnej zieleni cedrów i błękitu nieba. Zmysły Kaede wyostrzyły się wskutek ciąży; gdy wysiadała z lektyki w ogrodzie przed rezydencją Fujiwary, piękno przyrody poruszyło ją do głębi. Była to najcudowniejsza chwila jesieni, która wkrótce miała minąć na zawsze, przegnana zimowymi zawiejami i wichrami, z wyciem schodzącymi z gór.

Dom był większy niż jej własny i znacznie lepiej utrzymany. Wszędzie rozbrzmiewał śpiew wody, szemrzącej na omszałych kamieniach, pluszczącej w stawach, gdzie leniwie pływały czerwone i złote karpie; góry, zda się, wyrastały wprost z ogrodu, daleki wodospad echem odbijał głos strumienia. Po bezchmurnym niebie szybowały dwa olbrzymie orły.

Przy schodach powitał ją młody mężczyzna, który powiódł ją przez szeroką werandę do pokoju, gdzie czekał już pan Fujiwara. Tuż za progiem Kaede padła na kolana i dotknęła czołem podłogi, czując w nozdrzach świeży, cierpki zapach nowych mat jasnozielonej barwy.

Shizuka została na zewnątrz, na deskach werandy. W pokoju panowała cisza. Kaede, świadoma, że gospodarz się jej przygląda, czekała na jego słowa, próbując w miarę możności rozejrzeć się po pomieszczeniu. Z ulgą usłyszała wreszcie powitanie i prośbę, by usiadła prosto.

– Ogromnie się cieszę, że zdołałaś przybyć – powiedział.

Wymienili oficjalne uprzejmości – ona cicho i nieśmiało, on w słowach tak kwiecistych, że niekiedy zaledwie domyślała się, co oznaczają. Miała nadzieję, że jej małomówność wyda mu się tajemnicza, a nie tylko nudna.

Młodzieniec wrócił, niosąc przybory do herbaty, a Fujiwara własnoręcznie przygotował napar, ubijając zielony proszek na pienisty napój. Czarki były szorstkie, brązoworóżowej barwy, przyjemne dla dłoni i oka. Kaede z podziwem kilkakrotnie obróciła swoją.

– Pochodzą z Hagi – wyjaśnił gospodarz. – To rodzinne miasto pana Otori. Bardzo lubię te naczynia. – Po chwili zapytał: – Zamierzasz tam pojechać?

Chyba rzeczywiście powinnam, pomyślała Kaede. Gdyby Shigeru naprawdę był moim mężem, a ja nosiłabym jego dziecko, udałabym się do jego domu i rodziny.

– Nie mogę – odrzekła po prostu, podnosząc oczy. Jak zwykle, wspomnienie śmierci przyszłego męża oraz roli, jaką odegrała w tym wydarzeniu oraz w późniejszym akcie zemsty, doprowadziło ją niemal do płaczu. Spochmurniała, w oczach zabłysły łzy.

– Zawsze są jakieś powody – oświadczył enigmatycznie. – Weźmy moje położenie. Mój syn przebywa w stolicy, tam również znajduje się grób mojej żony. Może o tym nie wiesz, ale poproszono mnie, bym wyjechał; to, co pisałem, wzbudziło niezadowolenie regenta. Kiedy wyjechałem, miasto dwukrotnie nawiedziło trzęsienie ziemi oraz szereg pożarów, co powszechnie uznano za karę niebios za niesprawiedliwe potraktowanie nieszkodliwego uczonego. Odprawiono zatem modły i zaczęto mnie błagać, bym powrócił, ja jednak na razie bardzo sobie chwalę tutejsze życie, więc wymyślam kolejne powody, by nie wracać, choć oczywiście w końcu będę musiał być posłuszny.

– Pan Shigeru stał się bogiem. Przy jego grobie w Terayamie codziennie modlą się setki ludzi.

– Na nasze nieszczęście pan Shigeru umarł, ja jednak jestem jak najbardziej żywy. Za wcześnie, bym zamienił się w boga.

Ponieważ trochę jej o sobie powiedział, musiała odwzajemnić się tym samym.

– Stryjowie pragnęli jego śmierci – szepnęła.
– Dlatego nie chcę tam jechać.

– Niewiele wiem o klanie Otori, oprócz tego, że w Hagi produkuje się piękne naczynia. Krąży opinia, że panowie Otori zaszyli się na zamku i że miasto jest całkiem niedostępne. Podobno mają jakieś dawne związki z rodziną cesarską. – Dotąd mówił beztrosko, niemal figlarnie, lecz nagle jego głos się zmienił, nabierając intensywności, którą zauważyła już wcześniej. – Wybacz mi natarczywość, ale jak właściwie zginął pan Shigeru?

Tak mało rozmawiała dotychczas o straszliwych wypadkach w Inuyamie, że kusiło ją, by zrzucić ciężar z serca, lecz gdy Fujiwara pochylił się ku niej, znów poczuła jego osobliwe łaknienie – nie pragnął jej osoby, lecz wiedzy o tym, co wycierpiała.

– Nie potrafię o tym mówić – rzekła cicho. Zamierzała go zmusić, by drogo zapłacił za tajemnicę. – To zbyt bolesne.

– Ach – Fujiwara wpatrzył się w trzymaną w ręce czarkę.

Skorzystała z okazji, by mu się przyjrzeć – rzeźbionym kościom jego twarzy, zmysłowym ustom, długim, delikatnym palcom. Odstawił naczynie na matę i zerknął na nią. Świadomie wytrzymała jego wzrok, pozwoliła, by łzy napłynęły jej do oczu, po czym odwróciła głowę.

– Może któregoś dnia... – powiedziała w zadumie.

Przez jakiś czas siedzieli bez słowa i bez ruchu.

– Zaintrygowałaś mnie – oznajmił wreszcie. – Niewielu kobietom się to udało. Pozwól, że pokażę ci moje nędzne domostwo, moje niegodne zbiory.

Postawiła czarkę i lekko wstała. Obserwował każdy jej ruch, lecz nie było w nim drapieżnej żądzy innych mężczyzn. Kaede pojęła, co Shizuka miała na myśli – jeśli wzbudzi podziw tego szlachcica, będzie chciał włączyć ją do swojej kolekcji. Ciekawe jednak, jaką cenę zamierzał za nią zapłacić i czego mogła zażądać w zamian.

Przeszli obok zgiętej wpół Shizuki. Z cienia wyłonił się młody człowiek, delikatny i cienkokościsty jak dziewczyna.

– Mamoru – rzekł pan Fujiwara. – Pani Otori uprzejmie zgodziła się obejrzeć moje żałosne przedmioty. Chodź z nami. – I patrząc, jak młodzieniec się kłania, dodał: – Powinieneś się od niej uczyć, bacznie się jej przyglądać. Stanowi dla ciebie doskonały wzór.

Kaede podążyła za nimi do środka domu, gdzie na wewnętrznym dziedzińcu znajdowała się scena.

– Mamoru jest aktorem – wyjaśnił Fujiwara. – Gra role kobiece. Lubię wystawiać sztuki na tym skromnym placyku.

Istotnie, scena nie była duża, ale za to pełna uroku. Proste drewniane filary podtrzymywały misternie rzeźbiony dach, tło stanowił wizerunek pokręconej sosny.

– Musisz kiedyś przyjść na spektakl – zachęcił Fujiwara. – Zaczynamy próby do *Atsumori*, ale przedtem pokażemy *Kijankę*. Mamoru może się od ciebie wiele nauczyć, chciałbym też usłyszeć twoją opinię o jego występie.

Nie słysząc odpowiedzi, zapytał:

– Znasz się na teatrze?

– Widziałam kilka przedstawień u pana Noguchi – odparła. – Ale wiem bardzo niewiele.

– Twój ojciec mówił mi, że byłaś u Noguchi zakładniczką.

– Od siódmego roku życia.

– Jakież dziwne jest życie kobiet! – zadumał się Fujiwara. Kaede ogarnął chłód.

Z teatru przeszli do kolejnej sali przyjęć, wychodzącej na mniejszy ogród, o tej porze zalany słonecznym światłem. Kaede z wdzięcznością powitała ciepło. Ale słońce stało już nisko; wkrótce, pomyślała, przepadnie za szczytami, których zębate cienie okryją mrokiem dolinę. Wzdrygnęła się mimowolnie.

– Przynieś kociołek z węglem – polecił Fujiwara. – Pani Otori jest zimno.

Mamoru zniknął na chwilę, po czym wrócił w asyście znacznie starszego mężczyzny, który niósł niewielki piecyk, pełen rozżarzonych węgli drzewnych.

– Przybliż się i usiądź przy ogniu – zaprosił ją gospodarz. – Łatwo się przeziębić o tej porze roku.

Mamoru wyszedł z sali – nie odezwał się ani razu, a jego bezszelestne ruchy były pełne wdzięku i uniżoności – i po chwili powrócił ze szkatułką z drewna paulowni, którą ostrożnie postawił na podłodze. Jeszcze trzykrotnie wychodził i wracał, za każdym razem przynosząc szkatułkę lub skrzynkę z coraz to innego drewna, tak wypolerowanego, że barwy i układ słojów mówiły wszystko o wieku drzewa – brzostownicy, cyprysu, wiśni – o zboczu, na którym wyrosło, o porach zimnych i ciepłych, wietrznych i deszczowych, które musiało przetrwać.

Fujiwara otwierał je po kolei; zachwyconym oczom Kaede ukazywały się zawiniątka, kryjące przedmioty spowite w kilka warstw tkaniny. Już same materie, cieniutkie jedwabie o subtelnych barwach, były przepiękne, choć bardzo stare, lecz to, czego strzegły, przekraczało urodą wszystko, co dotychczas widziała. Gospodarz odwijał każde cacko i kładł je przed nią na podłodze, zachęcając, by je pogładziła, przytknęła do warg i czoła, często bowiem dotyk i zapach przedmiotu były równie ważne jak jego wygląd, po czym znów je chował i dopiero wówczas odsłaniał następne.

– Rzadko je oglądam – powiedział z miłością w głosie. – Każde niegodne spojrzenie coś im ujmuje. Odwijanie ich jest dla mnie aktem erotycznym; dzielenie się nimi z kimś, czyj wzrok nie umniejsza, lecz przeciwnie, upiększa, stanowi dla mnie największą, choć niezmiernie rzadką przyjemność.

Kaede milczała, mając niewielkie pojęcie o wartości i historii pokazywanych jej przedmiotów: czarki z tej samej co poprzednio porcelany, różowobrązowej, mocnej i kruchej zarazem, nefrytowego posążka Oświeconego w kwiecie lotosu, złotego, lakierowanego puzderka, na pozór prostego, a jednak kunsztownego. Patrzyła więc tylko, a piękne rzeczy, zda się, odwzajemniały jej spojrzenie.

Mamoru nie oglądał z nimi skarbów, lecz po dłuższym czasie – a przynajmniej tak się wydawało Kaede, dla której czas się zatrzymał – wrócił z dużym, płaskim pudłem. Fujiwara wyjął z niego obraz: zimowy pejzaż z dwiema wronami na pierwszym planie, czarnymi na tle bieli.

– Ach, Sesshu – szepnęła, odzywając się po raz pierwszy.

– Właściwie nie Sesshu, ale jeden z jego mistrzów – poprawił. – Powiada się, że dziecko nie może uczyć rodzica, lecz gdy chodzi o Sesshu, musimy przyznać, że uczeń prześcignął nauczyciela.

– Czyż nie powiada się, że błękit barwnika jest głębszy niż błękit kwiatu? – odparła.

– Jak mniemam, zgadzasz się z tą opinią?

– Gdyby dziecko i uczeń nie byli mądrzejsi, nic by się nigdy nie zmieniało.

– Ku wielkiemu zadowoleniu większości ludzi!

– Tylko tych, którzy mają władzę – rzekła Kaede. – Ci pragną zatrzymać pozycję i władzę, a tymczasem inni widzą tę władzę i pragną jej. Ambicja leży w naturze mężczyzn, prowokują więc zmiany. Młodsi wysadzają z siodła starych.

– A czy ambicja nie leży w naturze kobiet?

– Nikt nie zadał sobie trudu, by je o to zapytać. – Zwróciła wzrok ku obrazowi. – Dwie wrony, kaczor i kaczka, jeleń i łania. Zawsze malują je razem, zawsze parami.

– Taki jest zamysł przyrody – odparł Fujiwara. – To w końcu jeden z pięciu związków Kung-fu Tsy.

– I jedyny dostępny kobietom. Mistrz widzi w nas tylko żony.

– Bo nimi jesteście.

– Ale przecież kobieta może być władczynią albo przyjaciółką? – odparła, patrząc mu w oczy.

– Jak na dziewczynę jesteś bardzo śmiała – zauważył ze śmiechem; jeszcze nie widziała go tak rozbawionego. Spąsowiała i wpatrzyła się w obraz.

– Terayama słynie z prac Sesshu – powiedział Fujiwara. – Widziałaś je?

– Tak, pan Otori życzył sobie, by pan Takeo obejrzał je i skopiował.

– Młodszy brat?

– Adoptowany syn.

Ostatnią rzeczą, jakiej Kaede pragnęła, była rozmowa z Fujiwarą o Takeo. Próbowała zmienić temat, ale w głowie miała pustkę; uleciały z niej wszystkie myśli, z wyjątkiem wspomnienia o obrazku, który dostała od Takeo, przedstawiającym małego leśnego ptaszka.

– Przypuszczalnie to on dokonał zemsty? Musi być bardzo odważny. Wątpię, czy mój syn zrobiłby dla mnie aż tyle.

– Rzadko się odzywał – rzekła, pragnąc mówić o Takeo i zarazem obawiając się tego. – Nie uchodził za szczególnie odważnego. Lubił rysować i malować. A potem okazało się, że nie zna lęku.

Usłyszała swój głos i urwała raptownie, pewna, że Fujiwara przejrzał ją na wylot.

– Ach – mruknął i długo przyglądał się obrazowi.

– Nie powinienem wnikać w twoje sprawy – podjął w końcu, kierując wzrok ku jej twarzy. – Ale zapewne poślubisz syna pana Shigeru?

– Na razie trapią mnie inne kłopoty – odpowiedziała, usiłując podtrzymać lekki ton. – Posiadam ziemie tutaj oraz w Maruyamie i muszę wysunąć do nich roszczenia. Gdybym zaszyła się w Hagi z klanem Otori, mogłabym wszystko utracić.

– Odnoszę wrażenie, że jak na tak młodą osobę masz wiele tajemnic – zauważył. – Spodziewam się, że pewnego dnia dane mi będzie je poznać.

Słońce opadło za góry i cienie ogromnych cedrów sięgnęły pod dom.

– Robi się późno – oznajmił. – Z przykrością cię tracę, ale czuję, że powinienem cię odesłać. Przyjedziesz niebawem?

Zawinął obraz i włożył go do pudła. Dobiegła ją słaba woń drewna oraz liści ruty, umieszczonych wewnątrz, by odstraszyć szkodniki.

– Dziękuję z całego serca – powiedziała, wstając. Mamoru, który bezszelestnie wrócił do pokoju, skłonił się nisko, kiedy go mijała.

– Spójrz na nią, Mamoru – rzekł Fujiwara. – Spójrz, jak chodzi, jak oddaje ci ukłon. Jeśli zdołasz to uchwycić, możesz się uważać za aktora.

Wymienili słowa pożegnania, po czym pan Fujiwara osobiście wyszedł na werandę, aby odprowadzić Kaede do lektyki, i polecił służącym, by towarzyszyli jej w drodze powrotnej.

– Dobrze się spisałaś – orzekła Shizuka, gdy wróciły do domu. – Zaciekawiłaś go.

– Gardzi mną – odparła Kaede. Spotkanie ją wyczerpało.

– Gardzi kobietami, ale w tobie dostrzega coś innego.

– Coś nienaturalnego.

– Być może – zaśmiała się Shizuka. – Albo coś niezwykłego i rzadkiego, czego nie posiada nikt inny.

Jest to fragment książki,
która pojawi się w księgarniach
18 listopada 2004 roku.

Redakcja: Magdalena Petryńska
Korekta: Maciej Korbasiński
Redakcja techniczna: Urszula Ziętek

Fragment wiersza w tłumaczeniu Wiesława Kotańskiego
pochodzi z Antologii literatury japońskiej
Dziesięć Tysięcy Liści, PIW, Warszawa 1961

Projekt okładki i stron tytułowych: Marek Goebel

Wydawnictwo W.A.B.
02-502 Warszawa, Łowicka 31
tel./fax (22) 646 01 74, 646 01 75, 646 05 10, 646 05 11
wab@wab.com.pl
www.wab.com.pl

Skład i łamanie: Studio Page Graph
Druk i oprawa: Drukarnia Wydawnicza im. W.L. Anczyca S.A.,
Kraków